जानिए
भारत के मुंडाओं को

AF833815

राधागोविंद पातर

प्रभात
पेपरबैक्स
www.prabhatbooks.com

प्रकाशक

प्रभात पेपरबैक्स

4/19 आसफ अली रोड, नई दिल्ली-110002

फोन : 23289777 • हेल्पलाइन नं. : 7827007777

इ-मेल : prabhatbooks@gmail.com ❖ वेब ठिकाना : www.prabhatbooks.com

संस्करण

प्रथम, 2021

JANIYE BHARAT KE MUNDAON KO
by Shri Radhagovind Patar

Published by **PRABHAT PAPERBACKS**
4/19 Asaf Ali Road, New Delhi-110002

ISBN 978-93-90378-46-3

यह पुस्तक अपने
पूर्वजों को श्रद्धापूर्वक
समर्पित करता हूँ

भूमिका

मुंडाओं के इतिहास के संबंध में सिलसिलेवार जानकारी बहुत कम ही पुस्तकों में उपलब्ध है। जो कुछ है भी, वह अंग्रेजी में लिखी पुस्तकें हैं। प्रस्तुत पुस्तक में मुंडाओं के बारे में कुछ संदर्भ ग्रंथों से सहायता लेकर एवं अपने स्तर से व्यावहारिक अभिज्ञता सँजोकर प्राचीनतम से आधुनिकतम स्थिति एवं प्रगति का ब्योरा दिया गया है। इसमें मुंडाओं के धर्म संबंधी आचार-व्यवहार एवं पूजा आदि में प्रचलित तथाकथित अंधविश्वास का हिंदू धर्म एवं इस्लाम धर्म में प्रचलित मान्यताओं से तार्किक तुलना करते हुए मुंडाओं की मान्यताओं के औचित्य का निरूपण किया गया है। साथ ही इस आपा-धापीवाली जिंदगी में उबाऊ एवं बोरियत भरा अनावश्यक विस्तार से बचने का प्रयास किया गया है, ताकि पाठकों को अल्प प्रयास में संपूर्ण जानकारी प्राप्त करने का अवसर प्राप्त हो सके।

आशा है, पाठकगण इसे पढ़कर लाभान्वित होंगे।

—राधागोविंद पातर

अनुक्रम

मुंडाओं का झारखंड आने के पहले का इतिहास

अति प्राचीन काल में (आर्यों के भारत आगमन के पूर्व) जब गंगा-सिंधु का मैदान समुद्र का हिस्सा था। उसके दक्षिण के विस्तृत भू-भाग में मुंडा लोग अन्य आदिम जातियों के साथ अरावली पर्वत से विंध्याचल पर्वत श्रेणी, कैमूर पर्वत श्रेणी, आज के सुरगुजा क्षेत्र और छोटानागपुर के पठार में रहते थे। उस समय उनकी आबादी कम थी। गंगा-सिंधु का समुद्र क्षेत्र जब मैदान बन गया तो ये जन-जातियाँ उस मैदानी भारत में धीरे-धीरे फैल गईं, अर्थात् समय के साथ वे लोग समस्त उत्तर भारत में फैलते गए। परवर्ती काल में मुंडा लोगों का प्रमुख केंद्र आजमगढ़ और उसके आस-पास था। उसके बाद वे कालांजर (कालिंजर), गढ़चित्र, गढ़नागरवार, गढ़डहरवार, गढ़पाली, गढ़पिपरा, मांदार पहाड़, विजनागढ़, हरदीनगर, लकनौरगढ़, नंदनगढ़, रिजगढ़ और रुइदासगढ़ आदि में फैलते गए। तत्पश्चात् वे आजमगढ़ से कालिंजर, जो बाँदा जिले के बुंदेलखंड में है, गए। कालिंजर तमसा नदी के तट पर बसा है, जो इलाहाबाद से 145 कि.मी. दक्षिण-पश्चिम में और रीवा से 97 कि.मी. उत्तर-पश्चिम में है।

कालिंजर से वे गढ़चित्र, जो बाद में 'चित्रकूट' कहलाया, आए। चित्रकूट बाँदा जिले के बुंदेलखंड में है। त्रेतायुग में चित्रकूट एक तीर्थस्थल बन गया था। एक अन्य जाति कुड़ुक लोग दक्षिण की ओर

बढ़े और सतपुरा, मैकाल तथा महादेव पर्वत श्रेणियों, जो आज के मध्य प्रदेश में हैं, में बस गए। जंगल से भरा यह क्षेत्र प्राचीन काल में 'पुलिंद देश' कहलाता था। यह मुंडा लोगों के लिए सुरक्षित स्थान था। बाद में गोंड लोगों के वहाँ आने पर मुंडा लोग उस जगह को छोड़कर चले गए; केवल कोरकु और भील लोग वहाँ रह गए।

चित्रकूट से मुंडा लोग गढ़हरवार और वहाँ से फिर गढ़नागरवार गए। वहाँ से वे उत्तर की ओर बढ़े और बिजनागढ़ गए, जो आज का 'वियनागढ़' या 'वियना' है। यह गंबीर नदी के तट पर है और आगरा से 80 कि.मी. दक्षिण-पश्चिम में है। यह क्षेत्र पूरी तरह जंगलों से भरा हुआ था। परवर्ती काल में, अर्थात् आर्यों के आने पर यह क्षेत्र यादवों और शूरसेनों के कब्जे में आया। उनकी राजधानी मथुरा थी। आर्यों ने इस क्षेत्र के जंगलों का नाम महावन, मधुवन, खादीरवन, तालवन, वृंदावन और पिलूवन रखा था। इन महावनों के अलावा 'विभिन्न' नाम के अनेक उपवन थे। इसके अतिरिक्त संपूर्ण कुरुक्षेत्र या समस्त पांचाल में, जो दक्षिण में सरस्वती नदी से लेकर उत्तर में दृसद्वती नदी के क्षेत्र को सात वनों या जंगलों में बाँटा गया था, ये थे—पृथुवन, कामवन, अदितिवन, सितवन, फालकीवन और व्यासवन। इन सब क्षेत्रों में मुंडाओं के रहने के अनेक प्रमाण मिलते हैं। महाभारत की लड़ाई में भी मुंडा लोगों ने भाग लिया था। उस युद्ध की समाप्ति के बाद वे लोग उत्तर-पूर्व की ओर उत्तरी पांचाल या आधुनिक रोहिलखंड होते हुए कोशलदेश (आधुनिक अवध) पहुँचे।

चित्रकूट से मुंडा लोग गढ़हरवार और वहाँ से फिर गढ़नागरवार गए। वहाँ से वे उत्तर की ओर बढ़े और बिजनागढ़ गए, जो आज का 'वियनागढ़' या 'वियना' है। यह गंबीर नदी के तट पर है और आगरा से 80 कि.मी. दक्षिण-पश्चिम में है। यह क्षेत्र पूरी तरह जंगलों से भरा हुआ था।

कोशलराज के अंतर्गत बस्ती और गोरखपुर के आस-पास आज भी मुंडाओं के नमूने मिलते हैं।

कोशलराज से मुंडा लोग पूर्व की बढ़े और गंडक नदी पार करके विदेह राज्य या मिथिला राज्य में चले गए, जो उत्तर बिहार में है। गंडक के पूर्व एक जगह नंदनगढ़ में मुंडाओं के प्राचीन नमूने हैं। इसके अतिरिक्त मोतिहारी, चंपारण, दरभंगा, मधुबनी आदि जगहों में मुंडाओं के अनेक प्राचीन नमूने मौजूद हैं। बाँका जिले का मंदार पर्वत मुंडाओं के परंपरा से जुड़ा है। इसके अलावा बक्सर, आरा, सासाराम और गया में भी मुंडाओं के प्राचीन नमूने हैं। यहाँ के जंगलों में असुर जाति के लोग भी रहते थे। कहा जाता है, इन्हीं जंगलों में बकासुर, हिडिंबा और सहस्रबाहु आश्रय लिये हुए थे।

वर्तमान रोहतासगढ़ प्राचीन रूइदासगढ़ का ही अपभ्रंश नाम है। इस क्षेत्र में अनेक वर्षों तक रहने के बाद मुंडा लोग खरवार लोगों से परास्त होकर पलामू की ओर बढ़े और बुड़मुघाट पार कर ओमेडांडा पहुँचे और आस-पास के जंगलों को साफ कर अनेक वर्षों तक वहाँ रहे।

वर्तमान रोहतासगढ़ प्राचीन रूइदासगढ़ का ही अपभ्रंश नाम है। इस क्षेत्र में अनेक वर्षों तक रहने के बाद मुंडा लोग खरवार लोगों से परास्त होकर पलामू की ओर बढ़े और बुड़मुघाट पार कर ओमेडांडा पहुँचे और आस-पास के जंगलों को साफ कर अनेक वर्षों तक वहाँ रहे।

आर्यों के भारत आने पर उनका सामना मुंडाओं और असुरों के साथ ही पहले हुआ था। उनके बीच अनेक युद्ध हुए थे। परंतु आर्यों से वे हारते गए थे। इस प्रकार आर्यों से युद्ध में परास्त होते जाने के कारण मुंडा लोग उत्तर-पश्चिम क्षेत्र को छोड़ते गए और धीरे-धीरे झारखंड और उसके आस-पास के क्षेत्र में सिमटकर रह गए। कुछ लोग दक्षिण

की ओर बढ़ते हुए उड़ीसा में बस गए।

छोटानागपुर में मुंडाओं का प्राचीन केंद्र पलामू और हजारीबाग की सीमा पर स्थित ओमेडांडा और उसके आस-पास था। ओमेडांडा से कुछ लोग दामोदर नदी के किनारे-किनारे पूर्व की ओर बढ़े और हजारीबाग मानभूम (पश्चिम बंगाल का पुरुलिया) तथा संथाल परगना में बस गए। वे लोग 'संथाल' कहलाए। कुछ लोग उत्तरी कोयल नदी के उद्गम का पीछा करते हुए दक्षिण की ओर बढ़े। वे लोग 'हो' कहलाए। सिंहभूम और उड़ीसा के मयूरभंज में 'हो' लोगों की संख्या काफी है। मनुष्य को मुंडारी में 'होड़ो', संथाली में 'होड़' और हो में 'हो' कहते हैं।

छोटानागपुर में मुंडाओं का प्राचीन केंद्र पलामू और हजारीबाग की सीमा पर स्थित ओमेडांडा और उसके आस-पास था। ओमेडांडा से कुछ लोग दामोदर नदी के किनारे-किनारे पूर्व की ओर बढ़े और हजारीबाग मानभूम (पश्चिम बंगाल का पुरुलिया) तथा संथाल परगना में बस गए। वे लोग 'संथाल' कहलाए। कुछ लोग उत्तरी कोयल नदी के उद्गम का पीछा करते हुए दक्षिण की ओर बढ़े।

समय के साथ मुंडाओं की आबादी बढ़ती गई। अनेक वर्षों बाद मुंडाओं के प्रमुख रिसा मुंडा अपने इक्कीस हजार अनुयायियों के साथ ओमेडांडा से दक्षिण-पूर्व की ओर नई-नई जगहों की खोज में आगे बढ़ते गए और जगह-जगह जंगलों को साफ कर गाँव बसाते गए। रिसा मुंडा ने शादी-ब्याह आदि सामाजिक कार्यों में सुविधा के लिए दल को इक्कीस गोत्रों या 'किलियों' में बाँटा। आरंभ के ये किली हैं—कछुआ या होरो, टोपनो, भेंगरा, सांडीगुड़ा, लिपि, होरे, डुंगडुंग, हाउ, कादिर, बारला, केरकेट्टा, टूटी, हेंभरोम, कोन्गाड़ी, साँगा, कुजरी या कुजुर, तुयु, तिड़ू, सोय, ओड़ेया और पूर्ति। बाद में इनकी अनेक

शाखाएँ-प्रशाखाएँ हुईं। मुंडा लोग स्वगोत्र में शादी-विवाह नहीं करते, या यों कहें कि स्वगोत्र में विवाह वर्जित है।

मुंडा प्रमुख रिसा मुंडा के अपने इक्कीस हजार अनुयायियों के साथ दक्षिण-पूर्व की ओर यात्रा के क्रम में रास्ते पर ही उसका एक सहयोगी कोरुंबा मुंडा अपने कुछ अनुयायियों के साथ एक स्थान पर रुका और जंगलों को साफ कर गाँव बसाया। उस गाँव का नाम 'कोरांबे' पड़ा। इसी प्रकार आगे चलकर एक दूसरा सहयोगी सुतिया मुंडा कुछ अनुयायियों के साथ एक अन्य स्थान पर रुका और जंगलों को साफ कर वहीं गाँव बसाया। सुतिया मुंडा के नाम से उस गाँव का नाम 'सुतियांबे' पड़ा। रिसा के नेतृत्व में बाकी लोग मुरुमा गए। वहाँ आस-पास के जंगलों को साफ कर धीरे-धीरे गाँव बसाते गए।

मुंडा प्रमुख रिसा मुंडा के अपने इक्कीस हजार अनुयायियों के साथ दक्षिण-पूर्व की ओर यात्रा के क्रम में रास्ते पर ही उसका एक सहयोगी कोरुंबा मुंडा अपने कुछ अनुयायियों के साथ एक स्थान पर रुका और जंगलों को साफ कर गाँव बसाया। उस गाँव का नाम 'कोरांबे' पड़ा। इसी प्रकार आगे चलकर एक दूसरा सहयोगी सुतिया मुंडा कुछ अनुयायियों के साथ एक अन्य स्थान पर रुका और जंगलों को साफ कर वहीं गाँव बसाया।

मुंडाओं की आबादी समय के साथ बढ़ती गई। उन लोगों ने पूजा-पाठ, धार्मिक अनुष्ठान के लिए विभिन्न गाँवों में धार्मिक प्रमुख चुने, जो 'पहान' कहलाए। उसी प्रकार सामाजिक व्यवस्था को सुनिश्चित करने के लिए ग्राम प्रमुख या पट्टी प्रमुख चुने गए। ग्राम प्रमुख को लोग 'मुंडा' या 'मानकी' कहने लगे। उस समय, कोरांबे, सुतियांबे और मुरुमा मुंडाओं का प्रमुख स्थान बना। गाँव-गाँव में 'पहान' और 'मुंडा' या पट्टी प्रमुख नियुक्त हुए। बाद में उराँवों के

आने पर उन लोगों ने भी इन मुंडा पहान को मान्यता दी। परंतु परवर्ती काल में मुंडाओं और उराँवों के बीच पट्टी प्रमुख के पद के बारे में विवाद प्रारंभ हुआ, जिसके परिणामस्वरूप एक प्रधान राजा चुना गया, जो सभी पट्टी प्रमुख, 'मुंडा', 'मानकी' के ऊपर शासन व्यवस्था चलाने का अधिकारी हुआ। सुतिया मुंडा सर्वप्रथम पहान, फिर पट्टी प्रधान या 'मुंडा' हुए। तत्पश्चात् वह राजा भी चुना गया। मुंडाओं की राज व्यवस्था में सुतिया मुंडा ही प्रथम राजा बना और सुतियांबे मुंडा राजाओं की राजधानी बनी। यह कई हजार वर्ष पहले की बात है।

सुतिया मुंडा के वंश में अनेक पीढ़ियों के बाद आज से लगभग दो हजार वर्ष पूर्व अर्थात् पहली शताब्दी में माद्रा मुंडा का जन्म हुआ। राजवंश की परंपरा अनुसार वह राजा बना। माद्रा मुंडा जब राजा थे, उस समय एक विचित्र घटना हुई।

सुतिया मुंडा के वंश में अनेक पीढ़ियों के बाद आज से लगभग दो हजार वर्ष पूर्व अर्थात् पहली शताब्दी में माद्रा मुंडा का जन्म हुआ। राजवंश की परंपरा अनुसार वह राजा बना। माद्रा मुंडा जब राजा थे, उस समय एक विचित्र घटना हुई।

एक सकलद्वीपी ब्राह्मण सूर्यदेव की मूर्ति लिये हुए उधर से आ रहा था। उसे प्यास लगी थी। उसने सुतियांबे के तालाब किनारे मूर्ति को रखकर पानी पीना प्रारंभ किया। उसी समय एक बच्चे का रोना सुनाई पड़ा। उसने आवाज की ओर ताका और नजदीक जाकर देखा तो आश्चर्य से भर गया। एक नवजात शिशु जमीन पर पड़ा था और एक विशाल नाग सर्प अपने फन से उसे साया दिए हुए था। सर्प ने कहा—'हे ब्राह्मण, यह बच्चा एक दिन महान् आदमी बनेगा, तुम इसे घर ले जाकर पालो, पोसो और बड़ा करो।' यह कहकर सर्प अंतर्धान हो गया। ब्राह्मण ने बच्चे को उठा लिया और पास के गाँव में माद्रा मुंडा, जो राजा भी था, के घर ले

गया। बच्चे को दिखाते हुए ब्राह्मण ने माद्रा मुंडा को सारा वृत्तांत सुनाया और कहा, 'मैं एक संन्यासी ब्राह्मण इस बच्चे का क्या करूँगा? आप इसे पाल-पोसकर बड़ा कीजिए; यह लड़का बड़ा होकर बहुत यशस्वी होगा।' राजा माद्रा ने शिशु को स्वीकार किया एवं उचित रूप से पालने लगा। माद्रा का अपना भी एक लड़का था। दोनों बालक साथ-साथ बढ़ने लगे। चूँकि वह बालक नाग सर्प द्वारा आश्रित था, इसलिए राजा माद्रा ने अपने दत्तक पुत्र का नाम 'फणिमुकुट राय' रखा। समय के साथ दोनों बालक बड़े होने लगे और किशोर अवस्था में पहुँच गए। फणिमुकुट राय ज्यादा तेज एवं बुद्धिमान निकला। वह राजा माद्रा के पुत्र के मुकाबले हर क्षेत्र में आगे था। उसकी तीक्ष्ण बुद्धि को देखते हुए राजा माद्रा ने निश्छल भाव से फणिमुकुट राय को ही अपना उत्तराधिकारी बनाने का निश्चय किया। इसके लिए उसने अपने आस-पास के मुंडाओं, जमींदारों और मानकियों से राय ली। बाद में सर्वसम्मति से राजा माद्रा के दत्तक पुत्र फणिमुकुट राय को माद्रा मुंडा का उत्तराधिकारी बनाया गया। माद्रा मुंडा ने स्वयं के पुत्र को उत्तराधिकार से वंचित रखकर दत्तक पुत्र को अपना उत्तराधिकारी बनाया। यह मुंडाओं की सरलता, निष्कपटता, निश्छलता, निस्स्वार्थता, अव्यावहारिकता एवं अदूरदर्शिता का ज्वलंत उदाहरण है। इसका इतना बड़ा दुष्परिणाम हुआ कि मुंडाओं के हाथ से राजत्व सदा के लिए

राजा माद्रा ने शिशु को स्वीकार किया एवं उचित रूप से पालने लगा। माद्रा का अपना भी एक लड़का था। दोनों बालक साथ-साथ बढ़ने लगे। चूँकि वह बालक नाग सर्प द्वारा आश्रित था, इसलिए राजा माद्रा ने अपने दत्तक पुत्र का नाम 'फणिमुकुट राय' रखा। समय के साथ दोनों बालक बड़े होने लगे और किशोर अवस्था में पहुँच गए। फणिमुकुट राय ज्यादा तेज एवं बुद्धिमान निकला।

निकल गया और माद्रा ही मुंडाओं का अंतिम राजा रहा। उसके बाद सदा के लिए छोटानागपुर का राज्य गैर-मुंडा, गैर-आदिवासी के हाथ चला गया। फणिमुकुट राय को शिशुकाल में नागसर्प द्वारा साया देने के कारण उसका वंश 'नागवंशी' कहलाया। इनके कुलदेवता सूर्यदेव हैं। फणिमुकुट राय केवल मुंडाओं का ही नहीं, बल्कि उराँव लोगों का भी राजा बना। नागवंशी राजाओं की प्रथम राजधानी सुतियांबे ही थी। आज भी एक पहाड़ी (मुंडारा बुरु) के नीचे राजा के किले के ध्वंसावशेष हैं। परवर्ती नागवंशी राजाओं ने अपनी राजधानी सुतियांबे पिथौरिया, खुकरा, दोइसागढ़, चुटिया, पालकोट और भरनो होते हुए अंत में रातू को बनाया।

समय के साथ मुंडाओं की जनसंख्या में वृद्धि होती गई। माद्रा मुंडा के वंशज अन्य अनुयायियों के साथ आस-पास की नई-नई जगहों के जंगल साफ करते गए और गाँव बसाते गए। उन लोगों ने सुतियांबे से पास के पिथौरिया एवं अन्य गाँव बसाए। कालांतर में उन मुंडाओं में दो भाई चुटुमुंडा और नागुमुंडा कुछ अनुयायियों के साथ दक्षिण की ओर बढ़े और एक स्थान पर रुक गए"

समय के साथ मुंडाओं की जनसंख्या में वृद्धि होती गई। माद्रा मुंडा के वंशज अन्य अनुयायियों के साथ आस-पास की नई-नई जगहों के जंगल साफ करते गए और गाँव बसाते गए। उन लोगों ने सुतियांबे से पास के पिथौरिया एवं अन्य गाँव बसाए। कालांतर में उन मुंडाओं में दो भाई चुटुमुंडा और नागुमुंडा कुछ अनुयायियों के साथ दक्षिण की ओर बढ़े और एक स्थान पर रुक गए एवं जंगल साफ कर उन लोगों ने गाँव बसाया, जो बड़े भाई चुटु के नाम से 'चुटिया' पड़ा, जो आज के राँची शहर का एक मोहल्ला है। 'चुटु' और 'नागु' के नाम से ही इस क्षेत्र का नाम 'चोटानागपुर' या फिर 'छोटानागपुर' पड़ा। पहले 'छोटानागपुर' शब्द से एक छोटे क्षेत्र

का बोध होता था। परंतु बाद में इसकी परिधि बढ़ते-बढ़ते वर्तमान रूप में विस्तार पा गई।

चुटिया से कुछ मुंडा लोग दक्षिण की ओर बढ़े और जंगलों को साफ कर गाँव बसाते गए। वर्तमान खूँटी शहर जंगलों को काटकर (खूँट काटकर) गाँव बसाया गया था, जिससे उसका नाम 'खूँटी' पड़ा। इस क्षेत्र में पहले असुर लोग रहते थे। मुंडाओं ने असुरों को लड़ाई में परास्त कर उन्हें पश्चिम की ओर जाने को विवश किया। अच्छे लड़ाकू होने के कारण ही खूँटी क्षेत्र के मुंडाओं को 'लड़ाका' या 'लाड़का' कहा जाता है—विशेषकर पंचपरगना क्षेत्र के मुंडा लोग उन्हें 'लाड़का' शब्द से संबोधित करते हैं।

चुटिया से कुछ मुंडा लोग दक्षिण की ओर बढ़े और जंगलों को साफ कर गाँव बसाते गए। वर्तमान खूँटी शहर जंगलों को काटकर (खूँट काटकर) गाँव बसाया गया था, जिससे उसका नाम 'खूँटी' पड़ा। इस क्षेत्र में पहले असुर लोग रहते थे। मुंडाओं ने असुरों को लड़ाई में परास्त कर उन्हें पश्चिम की ओर जाने को विवश किया।

कुछ मुंडा लोग चुटिया से दक्षिण-पूर्व की ओर बढ़ते हुए बुंडू, तमाड़ के विभिन्न गाँव बारूहातु, एदेलहातु, उलीहातु, मेरेल, मादुकाम, कुदाडीह, कारसीदाग, टाटी बेड़ा, बारूडीह, तिरिल, जिलिंगसेरेंग, जाहेर, सोपारूम, सेरेंगहातु, सोसोंहातु सोऽदा आदि अनेक मुंडा गाँव बसाए। इसी प्रकार कुछ लोगों ने पाँच परगना—तमाड़, बुंडू, राहे, बरांदा और सिल्ली में अपनी जगह बनाई। उनमें कुछ लोग और आगे बढ़ते हुए स्वर्णरेखा नदी पार करके परगना झालदा, बाइगनकुदर, बाघमारा और पाटकोम में बसे। इसी प्रकार कुछ मुंडा लोग पश्चिम की ओर मुड़े और जंगलों को साफ करके गाँव बसाते हुए तोर्पा, कर्रा, बानो, कामडारा, बसिया, लछड़ागढ़, कोलेबिरा, जलडेगा, सिमडेगा,

कोचेडेगा आदि स्थानों में बस गए।

सुतियांबे से चुटिया की ओर आने के क्रम में दो मुंडा भाइयों में विवाद हुआ। बड़ा भाई छोटे भाई से दाँव-पेच में कमजोर था। अतएव अधिकतर अनुयायी छोटे भाई के साथ हो लिये। कालांतर में बड़े भाई का दल छोटा हुआ, जबकि छोटे भाई का दल बड़ा बन गया। आगे चलकर छोटे भाई के दल को 'कोम्पाट मुंडा' कहा गया और बड़े भाई का दल 'खंगार मुंडा' कहलाया।

कहा जाता है कि आगे जाने के क्रम में छोटे भाई कुछ लोगों के साथ आगे बढ़े और शाम होने पर एक जगह रुक गए। वहाँ वे लोग खाना पकाकर एवं खाकर विश्राम करने लगे। कुछ देर बाद बड़े भाई अपने परिवार एवं कुछ सहयोगियों के साथ वहाँ पहुँचे। उन्हें भूख लगी थी एवं थक भी गए थे। अतएव, बड़े भाई छोटे भाई से खाना माँगने लगा। परंतु छोटे भाई ने बताया कि खाना तो खत्म हो गया है, कुछ भी नहीं बचा है।

कहा जाता है कि आगे जाने के क्रम में छोटे भाई कुछ लोगों के साथ आगे बढ़े और शाम होने पर एक जगह रुक गए। वहाँ वे लोग खाना पकाकर एवं खाकर विश्राम करने लगे। कुछ देर बाद बड़े भाई अपने परिवार एवं कुछ सहयोगियों के साथ वहाँ पहुँचे। उन्हें भूख लगी थी एवं थक भी गए थे। अतएव, बड़े भाई छोटे भाई से खाना माँगने लगा। परंतु छोटे भाई ने बताया कि खाना तो खत्म हो गया है, कुछ भी नहीं बचा है। इस पर दोनों भाइयों में विवाद छिड़ा। तब बड़े भाई ने स्वयं ही खाना पकाने का निश्चय किया। खाना पकाने के उद्देश्य से वह बरतन खोजने गया। परंतु सभी बरतन बिना साफ किए ही रखे पड़े थे। इस पर उसका मन और भी खिन्न हो गया। परंतु उसने खाना पकाने का निश्चय कर लिया था। अतएव, उसने बरतनों को पानी से खँगाल लिया (धो लिया) और खाना पकाया।

बरतन को खँगालने या धोने के कारण उसको एवं उसके दल को 'खंगार मुंडा' कहा गया; जबकि छोटे भाई का दल 'कोम्पाट' मुंडा कहलाया। बड़े भाई के दल अर्थात् 'खंगार मुंडा' को पंचपरगना (तमाड़, बुंडू, राहे, सोनाहातु आड़की, बारंदा, और सिल्ली तथा इचागढ़) में 'पातर मुंडा' या 'पातर' कहते हैं। सोनाहातु और राहे में कहीं-कहीं इन्हें 'महली मुंडा' या 'महली' भी कहते हैं। सिंहभूम में इन्हें 'तमाड़िया' कहा जाता है। छोटे भाई के दल अर्थात् कोम्पाट मुंडा को पंचपरगना क्षेत्र में 'मुंडा' और 'मुंडारी' कहते है; जबकि सिंहभूम के पोटोमदा क्षेत्र में इन्हें 'भूमिज मुंडा' या 'भूमिज' कहा जाता है।

बड़े भाई का दल (खंगार मुंडा) छोटा होने के कारण आज भी उनका (खंगार या पातर) की आबादी कोम्पाट मुंडाओं की आबादी से कम है और यही कारण है कि कोम्पाट मुंडाओं में से ही जमींदार या गाँव के मालिक होते हैं। जबकि खंगार मुंडाओं में से जमींदार या गाँव के मालिक इने-गिने ही हैं। केवल रेमता, बुत, डुंप पहाड़टाली (कर्रा) आदि गाँवों में गाँव का मालिक खंगार मुंडा है।

बड़े भाई का दल (खंगार मुंडा) छोटा होने के कारण आज भी उनका (खंगार या पातर) की आबादी कोम्पाट मुंडाओं की आबादी से कम है और यही कारण है कि कोम्पाट मुंडाओं में से ही जमींदार या गाँव के मालिक होते हैं। जबकि खंगार मुंडाओं में से जमींदार या गाँव के मालिक इने-गिने ही हैं। केवल रेमता, बुत, डुंप पहाड़टाली (कर्रा) आदि गाँवों में गाँव का मालिक खंगार मुंडा है।

खंगार मुंडा को पातर मुंडा, पातर, महली मुंडा, पहली आदि कहने के पीछे के कारण कुछ इस प्रकार हैं—

एक समय पचपरगना और आस-पास के क्षेत्र में भयंकर अकाल पड़ गया था। जीविका के लिए लोग घर छोड़कर इधर-उधर जाने लगे।

कुछ लोग उड़ीसा चले गए। वहाँ गीली जमीन में उन्हें रात-दिन रहना पड़ता था। एक बार गीली जमीन के कारण चूल्हा नहीं सुलग रहा था। सब लोग परेशान थे। इस पर एक खंगार मुंडा ने तीन पत्थरों को सजाकर एक चूल्हा बनाया और आग सुलगाई। इसी कारण खंगार 'पथरो' मुंडा कहा गया और बाद में 'पातर मुंडा' कहा जाने लगा। कालांतर में 'मुंडा' शब्द को छोड़ दिया गया और केवल 'पातर' रह गया।

'महली मुंडा' या 'महली' कहने के पीछे का कारण इस प्रकार है—

पचपरगना क्षेत्र में खंगार मुंडाओं की संख्या कोम्पाट मुंडाओं की संख्या से कम है। जन बल अधिक होने के कारण कोम्पाट मुंडाओं से ही गाँव के मालिक, जमींदार मानकी और ठाकुर हुए हैं। परंतु खंगार मुंडा (पातर मुंडा) प्राय: चालाक और बुद्धिमान होते हैं। इसलिए गाँव के जमींदार मानकी और ठाकुर लोग खंगार मुंडा को ही दीवान बनाते थे। जमींदार के दीवान होने के कारण महलों में आना-जाना होने से खंगार मुंडा लोग 'महली' भी कहलाए। खंगार मुंडाओं (पातर मुंडाओं) की आबादी अधिकतर पचपरगना (तमाड़, वुंडु, अड़की, सोनाहातु, राहे, बरेंदा, सिल्ली), थाना खूँटी, कर्रा, तोर्पा, जिला सिंहभूम (पश्चिमी एवं पूर्वी), सरायकेला में है। इसके अलावा उड़ीसा राज्य के कुछ जिलों, यथा—क्योंझर, मयूरभंज, सुंदरगढ़ बोनई आदि में भी

पचपरगना क्षेत्र में खंगार मुंडाओं की संख्या कोम्पाट मुंडाओं की संख्या से कम है। जन बल अधिक होने के कारण कोम्पाट मुंडाओं से ही गाँव के मालिक, जमींदार मानकी और ठाकुर हुए हैं। परंतु खंगार मुंडा (पातर मुंडा) प्राय: चालाक और बुद्धिमान होते हैं। इसलिए गाँव के जमींदार मानकी और ठाकुर लोग खंगार मुंडा को ही दीवान बनाते थे। जमींदार के दीवान होने के कारण महलों में आना-जाना होने से खंगार मुंडा लोग 'महली' भी कहलाए।

इनकी संख्या काफी है।

पहले कहा जा चुका है कि प्राचीन समय में दो मुंडा भाइयों के विवादस्वरूप उन लोगों ने दो दल बनाए, एक का नाम हुआ 'खंगार' मुंडा और दूसरा दल 'कोम्पाट मुंडा' कहलाया। सन् 1932 ई. के सर्वे में सरकारी कर्मचारियों की अनभिज्ञता के कारण (एवं मुंडाओं की अशिक्षा के कारण) खंगार मुंडाओं के खतियानों में जाति के स्थान पर कहीं तो 'खंगार' लिखा हुआ है कहीं 'पातर' और कहीं 'महली' लिखा हुआ है; जबकि मूल जाति 'मुंडा' का जिक्र तक नहीं किया गया है। इस कारण इन मुंडाओं को समय-समय पर अनेक कठिनाइयाँ झेलनी पड़ती हैं। विभिन्न छोटे-बड़े न्यायालयों में इन्हें स्वतंत्रता मिलने के बाद घसीटा गया है। इतना ही नहीं, उच्चतम न्यायालय तक इन्हें जाति के लिए घसीटा गया था; परंतु उच्चतम न्यायालय ने स्पष्ट रूप से इन्हें 'मुंडा' घोषित किया।

स्वतंत्रता मिलने पर भारत सरकार ने जनजातियों की सूची तैयार की थी। अनुसूचित जनजातियों की उस सूची में चूँकि मूल जाति 'मुंडा' दर्ज है, मुंडाओं की शाखा—खंगार मुंडा, पातर मुंडा और महली मुंडा को, जिनके खतियानों में सरकारी कर्मचारियों की भूल के कारण जाति के स्थान पर 'मुंडा' न लिखकर 'खंगार', 'पातर', 'महली' या 'तमाड़िया' लिखा हुआ है और 'मुंडा' शब्द का जिक्र तक नहीं है, इन्हें जब-तब

स्वतंत्रता मिलने पर भारत सरकार ने जनजातियों की सूची तैयार की थी। अनुसूचित जनजातियों की उस सूची में चूँकि मूल जाति 'मुंडा' दर्ज है, मुंडाओं की शाखा—खंगार मुंडा, पातर मुंडा और महली मुंडा को, जिनके खतियानों में सरकारी कर्मचारियों की भूल के कारण जाति के स्थान पर 'मुंडा' न लिखकर 'खंगार', 'पातर', 'महली' या 'तमाड़िया' लिखा हुआ है"

परेशानी उठानी पड़ रही है, जबकि भारत के उच्चतम न्यायालय ने अपील संख्या 2039/सन् 1969 ई. के निर्णय में स्पष्ट शब्दों में निर्णय दिया है कि 'पातर' लोग मुंडा ही हैं और मुंडा से भिन्न नहीं हैं। न्यायालय की ही भाषा में—'पातर्स आर सब ट्राइब्स ऑफ मुंडाज एंड दैट दे आर नॉट डिफरेंट फ्रॉम मुंडाज।' उच्चतम न्यायालय ने तथ्यों की जमीनी जाँच करके एवं साक्षियों के बयान तथा प्रसिद्ध मानव शास्त्रियों द्वारा लिखित अनेक पुस्तकों, यथा—शरद चंद्र राय की पुस्तक 'मुंडाज एंड देयर कंट्री', डॉ. सच्चिदानंद की पुस्तक 'प्रोफाइल्स ऑफ ट्राइबल कल्चर इन बिहार,' एवं रिव. जान हॉफमैन और रिव. आरथूर वान एमेलेन की पुस्तक 'इपसाइक्लोपीडिया मुंडारिका' में वर्णित तथ्यों के आधार पर उपरोक्त निर्णय दिया था।

उच्चतम न्यायालय ने तथ्यों की जमीनी जाँच करके एवं साक्षियों के बयान तथा प्रसिद्ध मानव शास्त्रियों द्वारा लिखित अनेक पुस्तकों, यथा—शरद चंद्र राय की पुस्तक 'मुंडाज एंड देयर कंट्री', डॉ. सच्चिदानंद की पुस्तक 'प्रोफाइल्स ऑफ ट्राइबल कल्चर इन बिहार,' एवं रिव. जान हॉफमैन और रिव. आरथूर वान एमेलेन की पुस्तक 'इपसाइक्लोपीडिया मुंडारिका' में वर्णित तथ्यों के आधार पर उपरोक्त निर्णय दिया था।

यहाँ महली के संबंध स्पष्ट करना प्रासंगिक एवं आवश्यक है। जैसा कि ऊपर कहा जा चुका है कि खंगार मुंडा, पातर, महली और तमाड़िया भी कहा जाता है। इनमें 'मुंडा' शब्द को सरकारी कर्मचारियों की भूल के कारण लुप्त कर दिया गया है। यहाँ 'महली' शब्द महली मुंडा के लिए उपयोग किया गया है, अर्थात् ये लोग मुंडा ही हैं। परंतु पंचपरगना क्षेत्र एवं खूँटी और तोर्पा तथा कर्रा क्षेत्र में एक अन्य जाति, जिसे सरकारी कागजों में 'महली' कहा गया है; परंतु स्थानीय लोग उन्हें 'बाँस महली' कहते हैं।

उनका मुख्य पेशा (जातीय पेशा) बाँस की टोकरी, सूप आदि बनाना है। उनकी जीवन शैली एवं आचार-व्यवहार महली मुंडा से काफी निम्न है। महली मुंडा लोग बाँस महली के हाथ का पानी भी नहीं पीते हैं। बाँस महली की संस्कृति महली मुंडाओं की संस्कृति से सर्वथा भिन्न है। भाषा भी उनकी भिन्न है। उनके यहाँ सामाजिक कार्यों में नाई और ब्राह्मण नहीं होते हैं। ब्राह्मण उनकी यजमानी स्वीकार नहीं करते। जबकि महली मुंडाओं के सामाजिक कामों (शादी एवं श्राद्धकर्म) में नाई तो होता ही है, ब्राह्मण भी रहता है। झारखंड सरकार द्वारा जारी अनुसूचित जनजातियों की सूची में 'महली' का जो उल्लेख है, वह वस्तुतः इसी बाँस महली का बोधक है।

पहले कहा जा चुका है कि खंगार मुंडाओं के विभिन्न पर्यायवाची नाम (खंगार, पातर, महली, तमाड़िया) का उल्लेख अनुसूचित जनजातियों की सूची में नहीं होने के कारण इन्हें समय-समय पर विगत वर्षों में कठिनाई होती रही है। परंतु अब वर्तमान झारखंड सरकार ने कृपा करके हाल में खंगार, पातर, महली और तमाड़िया को मुंडा जाति का पर्यायवाची घोषित करने के लिए केंद्र सरकार को अनुशंसा पत्र भेजा है। वर्तमान झारखंड सरकार को इसके लिए इन मुंडाओं का हार्दिक धन्यवाद।

अब तो मुंडाओं की आबादी प्रायः समस्त झारखंड राज्य में है। परंतु छोटानागपुर क्षेत्र में इनकी आबादी घनी है। इसके अलावा ये लोग उड़ीसा के सुंदरगढ़, संभलपुर, मयूरभंज, क्योंझर और बोनई में; बंगाल के पुरुलिया और मेदिनीपुर जिले में एवं मध्य प्रदेश के सरगुजा जिले में इनकी आबादी काफी है। इनमें खंगार मुंडाओं की आबादी कोम्पाट मुंडाओं की आबादी से कम है। पुरुलिया जिला और उसके आस-पास मुंडाओं को 'मुड़ा' कहा जाता है। यह बँगला भाषा के प्रभाव के कारण है।

'मुंडा' शब्द से जाति का तो बोध होता ही है, गाँव के मालिक या जमींदार को भी 'मुंडा' कहा जाता है। मुंडा से बड़ा मानकी एवं मानकी से बड़ा जमींदार 'ठाकुर' कहलाता है। पचपरगना क्षेत्र में ये जमींदार कोम्पाट मुंडा से संबंधित है। इस क्षेत्र के मुंडा पुजारी (पाहान) भी कोम्पाट मुंडा से ही संबंधित हैं। परंतु खूँटी और कर्रा आदि प्रखंडों में कई जमींदार और पाहान खंगार मुंडा से संबंधित हैं, जैसे—खूँटी थाना के रेमता, टाकरा, भूत, बीरडीह आदि में, कर्रा थाना के पाहाड़टोली, डुंफू आदि में खंगार मुंडा के जमींदार और पाहान हैं।

'मुंडा' शब्द से जाति का तो बोध होता ही है, गाँव के मालिक या जमींदार को भी 'मुंडा' कहा जाता है। मुंडा से बड़ा मानकी एवं मानकी से बड़ा जमींदार 'ठाकुर' कहलाता है। पचपरगना क्षेत्र में ये जमींदार कोम्पाट मुंडा से संबंधित है। इस क्षेत्र के मुंडा पुजारी (पाहान) भी कोम्पाट मुंडा से ही संबंधित हैं। परंतु खूँटी और कर्रा आदि प्रखंडों में कई जमींदार और पाहान खंगार मुंडा से संबंधित हैं"

आज से सौ वर्ष पहले, सन् 1901 के सर्वे के अनुसार छोटानागपुर में मुंडा लोगों की आबादी 3,44,373 थी और केवल राँची जिले में वे 2,87,105 थे। सन् 1991 ई. की जनगणना के अनुसार पूरे झारखंड (केवल छोटानागपुर नहीं) राज्य के लिए यह आँकड़ा 8.99 लाख दिखाया गया है, जो भ्रामक प्रतीत होता है, क्योंकि झारखंड राज्य की गरीब आदिवासी जनता अपने पेट की आग बुझाने के लिए वर्ष में अधिकतर समय आसाम एवं अन्य पूर्वोत्तर राज्यों, पंजाब, गुजरात, हिमाचल प्रदेश आदि राज्यों में काम करने जाती है और ये लाखों में होती है। अनेक लोग अंडमान-निकोबार द्वीप समूह में भी जीविका के लिए जाते रहते हैं। जनगणना के समय वे उपलब्ध नहीं रहते। □

सृष्टि, धर्म और संस्कृति

प्राय: सभी प्रमुख धर्मों में मानवजाति की सृष्टि के संबंध में वर्णन मिलता है। हिंदू धर्म की मान्यता के अनुसार सृष्टिकर्ता ब्रह्मा ने पहले एक मानव नर (मनु) और एक नारी (सतरूपा) की सृष्टि की थी और इस मानव जोड़ी से मानवजाति का विस्तार हुआ था। ईसाई धर्म में परमेश्वर ने सर्वप्रथम एक मानव नर (आदम) और एक नारी (हव्वा) की सृष्टि की थी। वे दोनों निर्वस्त्र थे। पर उनकी उस अवस्था के लिए उनमें किसी प्रकार का लज्जा आदि विकार नहीं था। उनके समीप ही एक वृक्ष था, जिसमें सुंदर और स्वादिष्ट फल लगे थे। परमेश्वर ने उन्हें उन फलों को खाने से मना किया था। परंतु शैतान की प्रेरणा से हव्वा ने वे फल खाए और पति को भी खाने के लिए प्रेरित किया। उन्हीं आदम और हव्वा की जोड़ी से मानवजाति का विस्तार हुआ।

मुंडा समाज में इस धरती और मानव की सृष्टि की एक रोचक कहानी है। इसके अनुसार, यह धरती पानी से भरी हुई थी। सिंगबोंगा (सूर्यदेव) ने सृष्टि रचना के उद्देश्य से उस पानी में एक होरो (कछुआ), एक कड़ाकोम (केंकड़ा) और एक लेंडाद (केंचुआ) का सृजन किया। सूर्यदेव ने उन प्रथम प्राणियों को पानी की गहराई से मिट्टी ऊपर लाने के लिए कहा। कछुआ और केकड़ा ने बहुत प्रयास किया, पर वे मिट्टी लाने में सफल नहीं हुए। अंत में केंचुए ने अत्यधिक परिश्रम करके मिट्टी

लाने में सफलता पाई। सूर्यदेव (सिंगबोंगा) ने उस मिट्टी के टुकड़ों से इस धरती का सृजन किया। तत्पश्चात् उसने पेड़-पौधों की सृष्टि की। फिर उसने विभिन्न प्रकार के पशु-पक्षियों से पृथ्वी को भर दिया। मान्यता है कि एक हुड़ पक्षी ने एक अंडा दिया था। उसी अंडे से एक मानव लड़का और एक लड़की पैदा हुई। यही मानवजाति के प्रथम जनक-जननी थे। हुड़ के अंडे से पैदा होने के कारण ही मुंडा भाषा में मानव को 'होड़ो' कहा जाता है और उनके अनुषंगी जाति संथाल लोग 'होड़' और हो लोग मनुष्य को 'हो' कहते हैं।

वे दोनों सांसारिक कार्य-कलापों से सर्वथा अनभिज्ञ थे। सूर्यदेव ने अनेक दिन पश्चात् देखा कि इस मानव जोड़ी से वंश वृद्धि नहीं हो रही है। तब उसने उन दोनों को जंगल की जड़ी-बूटियों को चावल में मिलाकर 'हँड़िया' बनाना सिखाया। हँड़िया पीकर वे दोनों मदमस्त होने लगे और सांसारिकता की ओर मुड़े एवं वंश वृद्धि के लिए प्रवृत्त हुए। वे दोनों निर्वस्त्र थे। इसलिए उनका नाम 'तोता हाड़ाम' (नंगा बूढ़ा) और तोता बुड़ी (नंगी बूढ़ी) पड़ा।

वे दोनों सांसारिक कार्य-कलापों से सर्वथा अनभिज्ञ थे। सूर्यदेव ने अनेक दिन पश्चात् देखा कि इस मानव जोड़ी से वंश वृद्धि नहीं हो रही है। तब उसने उन दोनों को जंगल की जड़ी-बूटियों को चावल में मिलाकर 'हँड़िया' बनाना सिखाया। हँड़िया पीकर वे दोनों मदमस्त होने लगे और सांसारिकता की ओर मुड़े एवं वंश वृद्धि के लिए प्रवृत्त हुए। वे दोनों निर्वस्त्र थे। इसलिए उनका नाम 'तोता हाड़ाम' (नंगा बूढ़ा) और तोता बुड़ी (नंगी बूढ़ी) पड़ा। हँड़िया पीकर ही तोता हाड़ाम और तोता बुड़ी सांसारिकता की ओर प्रवृत्त हुए थे। इसलिए आज भी मुंडा समाज में हँड़िया सेवन को प्रमुखता दी जाती है। केवल सेवन ही नहीं, उन लोगों के प्रत्येक पूजा-पाठ में भगवान्, देवी-देवता एवं पूर्वजों को भी हँड़िया में पूजा चढ़ाई जाती है।

जिस प्रकार समृद्ध हिंदू धर्म में भगवान् के अवतार क्रम में सर्वप्रथम पानी में रहनेवाली मत्स्य (मछली) का अवतार हुआ था, तत्पश्चात् पानी और जमीन (जल और थल) में समान रूप से रहनेवाले प्राणी कूर्म (कछुआ) का अवतरण हुआ। तीसरे चरण में थल में रहनेवाले प्राणी (पशु) वराह के रूप में भगवान् ने अवतार ग्रहण किया। चौथे चरण में भगवान् ने पशु और मनुष्य के संयुक्त रूप में अर्थात् नरसिंह रूप में अवतार लिया। परवर्ती चरणों में मनुष्य रूप में वामन, राम और कृष्ण रूप में भगवान् अवतीर्ण हुए। हिंदू धर्म मत में, जिस प्रकार पहले जल था और जल-जंतु का सृजन हुआ था और बाद में थल (जमीन) का सृजन होने पर थल के प्राणियों का उद्‌भव हुआ था, उसी प्रकार मुंडाओं की मान्यता में भी पहले केवल जल था। सूर्यदेव ने सर्वप्रथम जल के प्राणी कछुआ (होरो), केकड़ा (काड़ाकोम) और केंचुआ (लेंडाद) का सृजन किया। तत्पश्चात् केंचुआ (लेंडाद) द्वारा पानी के भीतर से मिट्‌टी लाई गई। सूर्यदेव ने उस मिट्‌टी के टुकड़ों से धरती बनाई और प्राणियों का सृजन आरंभ कर दिया। सर्वप्रथम अचल उद्‌भिज पेड़-पौधों का सृजन किया गया। फिर धरती पर चलनेवाले छोटे-बड़े प्राणी-पशुओं का सृजन हुआ। तत्पश्चात् आकाश में उड़नेवाले पक्षियों का सृजन किया गया। अंतिम चरण में मानव की सृष्टि हुई। आधुनिक युग के वैज्ञानिक चार्ल्स डार्विन के विकासवाद का सिद्धांत मुंडाओं की मान्यता की ही पुष्टि करता है।

जिस प्रकार समृद्ध हिंदू धर्म में भगवान् के अवतार क्रम में सर्वप्रथम पानी में रहनेवाली मत्स्य (मछली) का अवतार हुआ था, तत्पश्चात् पानी और जमीन (जल और थल) में समान रूप से रहनेवाले प्राणी कूर्म (कछुआ) का अवतरण हुआ। तीसरे चरण में थल में रहनेवाले प्राणी (पशु) वराह के रूप में भगवान् ने अवतार ग्रहण किया।

तोता हाड़ाम और तोता बुड़ी के तीन संतानें हुईं, अर्थात् तीन बेटे हुए, जिनका नाम था मुंडा, नानका और रोड़ा। मान्यता है कि इन तीनों का जन्म अजीमगढ़ (आजकल का आजमगढ़) में हुआ था। माता-पिता के मरणोपरांत ये लोग वंश वृद्धि करके विभिन्न पहाड़-जंगलों में फैलते गए, जिसका वर्णन पहले किया जा चुका है।

धर्म

मुंडा लोग प्रकृति पूजक हैं, अर्थात् वे प्रकृति के विभिन्न अवयव, पहाड़-पर्वत, नदी-नाला, कुआँ-बावड़ी झील-झरना, पेड़-पौधों आदि की, उनके स्थूल रूप में पूजा करते हैं। अतएव, उनका धर्म 'आदि-धर्म' या 'संसार धर्म' कहा जाता है।

मुंडा लोग प्रकृति पूजक हैं, अर्थात् वे प्रकृति के विभिन्न अवयव, पहाड़-पर्वत, नदी-नाला, कुआँ-बावड़ी झील-झरना, पेड़-पौधों आदि की, उनके स्थूल रूप में पूजा करते हैं। अतएव, उनका धर्म 'आदि-धर्म' या 'संसार धर्म' कहा जाता है।

यूँ तो समृद्ध हिंदू धर्मशास्त्रों में जगह-जगह वर्णन मिलता है कि समस्त चराचर जगत् के प्रत्येक प्राणी और पदार्थ—अणु या विभु—में परमात्मा निवास करते हैं।

ईश उपनिषद् में कहा गया है—

'ईशावास्यमिदं सर्वं यत्किञ्च जगत्याम् जगत्'—अर्थात् यह संपूर्ण चराचर जगत् परब्रह्म परमेश्वर से व्याप्त है।

छांदोग्य उपनिषद् की उक्ति है—

'सर्वं खल्विंद ब्रह्म तज्जलानिति शांत उपासीत।'—अर्थात् यह संपूर्ण चराचर जगत् निश्चय ब्रह्म ही है, क्योंकि यह उसी से उत्पन्न हुआ है।

भगवद्गीता के अध्याय 7 में भगवान् श्री कृष्ण कहते हैं—

'भूमिरापोऽनलो वायुः खं मनो बुद्धिरेव च।'

अहंकारो इतीयं मे भिन्न प्रकृतिरष्टधा॥'—भूमि, जल, अग्नि, वायु, आकाश, मन, बुद्धि और अहंकार—ये आठ प्रकार में विभक्त मेरी प्रकृति है अर्थात् इन सभी में मैं ओत-प्रोत हूँ।

एक अन्य श्लोक में भगवान् श्रीकृष्ण अर्जुन को संबोधित करके कहते हैं—

'मत परतरं नान्यत्किञ्चिदस्ति धनंजय।

मयि सर्वमिदं प्रोतं सूत्रे मणि गणा इव॥'

अर्थात्, हे धनंजय (अर्जुन), मेरे सिवाय किंचित् भी दूसरी वस्तु नहीं है। यह संपूर्ण जगत् सूत्र में, सूत्र के मणियों की तरह, मुझमें गूँथे हुए हैं।

इसके अलावा जगत् में स्थित पंचमहाभूतों में परम ब्रह्म के अस्तित्व को स्वीकारते हुए ही हिंदू धर्म में प्रत्येक पूजा या यज्ञ के आयोजन के समय पुरोहितों द्वारा निम्नलिखित शांतिपाठ की जाती है—

ॐ द्यौः शान्तिरन्तरिक्षम् शान्तिः पृथिवी

शान्तिः आपोशान्तिः औषद्यय: शान्तिः

वनस्पतय: शान्तिः ब्रह्म शान्तिः

विश्वेदेवा शान्तिः सर्वविश्वे सर्वधं शान्तिः

शान्तिरेव शान्तिः सामा शान्तिरेधि

ॐ शान्तिः शान्तिः शान्तिः।

अर्थात् हे प्रभु, यह सौरमंडल और अंतरिक्ष सुख व शांतिदायक हो, भूमंडल सुख-शांतिदायक हो, जल, औषधियाँ और वनस्पतियाँ शांतिदायक हों, विश्व के दिव्य पदार्थ और ब्रह्म शांतिदायक हो। सबकुछ शांतिदायक हो और ऐसी शांति मुझको प्राप्त हो।

इन सबसे यही तथ्य प्रकट होता है कि समस्त चराचर जगत् के कण-कण में परब्रह्म परमेश्वर व्याप्त है। प्रकृति के प्रत्येक रूप में वह

विराजमान है।

विभिन्न उपनिषदों एवं गीता में कहा गया है कि भगवान् भक्तजनों पर अनुग्रह करके उन्हें दर्शन देने के लिए, उनकी श्रद्धा के अनुसार, नाना रूपों में प्रकट होते हैं। आचार्य अश्मरथ्य और आचार्य बादरि का भी यही अभिमत है। अतएव, मुंडाओं का प्रकृति की स्थूल रूप में पूजा सर्वथा उचित, प्रासंगिक और शास्त्र सम्मत है।

हिंदू धर्म में जगत् के पाँच महाभूतों (तत्त्व) या उपादानों—आकाश अग्नि, वायु, जल और पृथ्वी के पंच देवता क्रमशः विष्णु शक्ति (दुर्गा) सूर्य, गणेश और शिव अधिष्ठाता देव हैं। प्रत्येक पूजा-अनुष्ठान में इन पंच तत्त्व के प्रतिनिधि पंच देवताओं के सूक्ष्म रूप की पूजा होती है। पर मुंडा लोग प्रकृति के अवयवों के स्थूल रूप की पूजा करते हैं।

हिंदू धर्म में जगत् के पाँच महाभूतों (तत्त्व) या उपादानों—आकाश अग्नि, वायु, जल और पृथ्वी के पंच देवता क्रमशः विष्णु शक्ति (दुर्गा) सूर्य, गणेश और शिव अधिष्ठाता देव हैं। प्रत्येक पूजा-अनुष्ठान में इन पंच तत्त्व के प्रतिनिधि पंच देवताओं के सूक्ष्म रूप की पूजा होती है। पर मुंडा लोग प्रकृति के अवयवों के स्थूल रूप की पूजा करते हैं।

मुंडाओं में सिंगबोंगा (सूर्यदेव) की भगवान् या सर्वश्रेष्ठ देवता के रूप में मान्यता है। वे लोग ओते एंगा (धरती माता) को देवी माँ मानते हैं। मुंडा भाषा में भगवान्, देवता, भूत और प्रेत के लिए एक ही शब्द 'बोंगा' का प्रयोग होता है। वे लोग सिंगबोंगा और ओते एंगा के अतिरिक्त जाहेर बोंगा या हातुबोंगा (ग्राम देवता), बुरुबोंगा (पहाड़ देवता), इकिर बोंगा (कुआँ, बावड़ी, नदी, तालाब आदि पानी का देवता), ओड़ाआ बोंगा (गृहदेवता), सिमान बोंगा (ग्राम की सीमा का देवता), देसाउली बोंगा आदि अनेक बोंगा (देवताओं) की पूजा करते हैं।

मुंडाओं के प्रत्येक पूजा-अनुष्ठान में सिंगबोंगा की पूजा अनिवार्य है। इसके बाद मृत पूर्वजों की आत्माएँ (ओड़ाआ बोंगा) पूजी जाती हैं। इससे स्पष्ट होता है कि मुंडा लोग आत्मा की अमरता पर विश्वास करते हैं। मुंडाओं के श्राद्ध कर्म के कर्म में ऐसा एक अवसर आता है जिसमें मृतक की आत्मा को बुलाने का रिवाज है। वे इस कार्य को 'उम्बुल राआ' कहते हैं, इसका अर्थ है—'छाया का आह्वान'। यह भी मुंडाओं में आत्मा की अमरता पर विश्वास को दर्शाता है।

मुंडाओं की ग्राम-पूजा प्रतिवर्ष गाँव की निर्धारित जगह सरना (जाहेरा), जहाँ पेड़ों का कुछ झुंड रहता है, की जाती है। यह पूजा धान बुनाई के कुछ पहले ज्येष्ठ महीने में की जाती है। गाँव का मुंडा पुजारी, जिसे 'पाहान' कहा जाता है, उस दिन सरना स्थल में पूजा करता है, जिसमें सभी ग्रामीण भाग लेते हैं। इसके अतिरिक्त प्रत्येक घर में पूर्वजों के नाम से पूजा की जाती है। ग्राम पूजा के पहले दिन ग्राम के लोग-बच्चे, जवान सभी लाठी वगैरह लेकर प्रत्येक घर के कोने-कोने में लाठी पटक-पटककर, हल्ला करते हुए रोग भगाने (रोग उडुं) का नाटक करते हैं। ऐसा दृश्य उपस्थित होता है, जैसे कि कोई दृश्यमान रोग को भगाया जा रहा हो! ऐसा हल्ला करते वे लोग गाँव की सीमा तक जाते हैं और वहीं अपनी-अपनी लाठी छोड़कर अन्य रास्ते से वापस अपने-अपने घरों को लौट आते हैं। दूसरे दिन अर्थात् पूजा के दिन सवेरे ग्राम की महिलाएँ अपने-अपने घरों से

मुंडाओं की ग्राम-पूजा प्रतिवर्ष गाँव की निर्धारित जगह सरना (जाहेरा), जहाँ पेड़ों का कुछ झुंड रहता है, की जाती है। यह पूजा धान बुनाई के कुछ पहले ज्येष्ठ महीने में की जाती है। गाँव का मुंडा पुजारी, जिसे 'पाहान' कहा जाता है, उस दिन सरना स्थल में पूजा करता है, जिसमें सभी ग्रामीण भाग लेते हैं। इसके अतिरिक्त प्रत्येक घर में पूर्वजों के नाम से पूजा की जाती है।

मिट्टी की पुरानी हंडी, एवं पुराना झाड़ू निकालकर उसमें गुलेंचा फूल सजाकर गाँव के सीमांत में जाकर एक स्थान में उन चीजों को फेंक आते हैं। उसके बाद ग्राम पूजा का आयोजन होता है।

मुंडा लोगों का प्रमुख पर्व है सरहुल। इस पर्व को वे लोग बहुत ही धूमधाम से मनाते हैं। यह तीन दिनों तक मनाया जाता है। प्रथम दिन 'हाई–काड़ाकोम' कहलाता है। उस दिन प्रत्येक घर के लोग हाई (मछली) और काड़ाकोम (केकड़ा) पकड़कर लाते एवं पकाकर खाते हैं। इस प्रकार उस दिन की रस्म पूरी होती है। दूसरा दिन 'सूड़ा सांगिन' कहलाता है। उस दिन बेरेल राँबड़ा (साबुत उड़द) पकाकर उसके साथ भात खाते हैं और पेड़ों के नए पत्ते (पल्लव) लाकर कान में खोंसते हैं। औरतें अपने बालों में इसे खोंसती हैं। उस दिन पत्तों की पत्तरी और दौनों में खाना खाया जाता है। तीसरे और अंतिम दिन घर–आँगन को साफ कर गोबर का लेप दिया जाता है। सभी लोग साल के फूलों की डाली ले आते हैं। घर के भीतर एक कोने में, जिसे 'बोंगा कोचा' कहा जाता है, फूल डाली रख दी जाती है। गृहस्वामी वहीं पर सिंगबोंगा, ओते एंगा एवं मृतक पूर्वजों के नाम पूजा देता है। पूजा में सिंदूर, धुवन, आरवा, चावल एवं एक दोना में हँड़िया रस (बिना पानी मिलाया हुआ) एवं भात–दाल आदि चढ़ाया जाता है। हँडिया को पूजा में चढ़ाना आवश्यक माना जाता है। अंत में मुरगे की बलि दी जाती है। पूजा में

मुंडा लोगों का प्रमुख पर्व है सरहुल। इस पर्व को वे लोग बहुत ही धूमधाम से मनाते हैं। यह तीन दिनों तक मनाया जाता है। प्रथम दिन 'हाई–काड़ाकोम' कहलाता है। उस दिन प्रत्येक घर के लोग हाई (मछली) और काड़ाकोम (केकड़ा) पकड़कर लाते एवं पकाकर खाते हैं। इस प्रकार उस दिन की रस्म पूरी होती है। दूसरा दिन 'सूड़ा सांगिन' कहलाता है।

पति और पत्नी दोनों की सहभागिता रहती है। दोनों ही उपवास करते हैं। पूजा के बाद खान-पान का दौर आरंभ होता है, जिसमें हँड़िया भी शामिल है। खान-पान के बाद युवक-युवतियों द्वारा नाच का आयोजन होता है। कहीं-कहीं यह नाच रातभर चलता है। इसके पूर्व सप्ताह भर पहले से प्रतिदिन सरहुल नाच, जिसे 'जादुर सुसुन' कहा जाता है, मुंडा युवक एवं युवतियों द्वारा होता है। सरहुल के दिन सभी लोग साल के फूल अपने सिर, कान आदि में खोंसे रहते हैं। रातभर नाचने के उपरांत दूसरे दिन उन फूलों को एक निर्धारित स्थल पर फेंक देते हैं, जिसे 'गिडी बा' अर्थात् 'फूल फेंकना' कहा जाता है। सरहुल पर्व वसंत ऋतु में मनाया जाता है, जब पेड़-पौधों में विविध प्रकार के फूल लदे रहते हैं एवं प्रकृति सुरम्य और सौरभमय हुआ रहता है।

सरहुल के बाद मुंडाओं का दूसरा पर्व है 'बुरुबोंगा' अर्थात् 'पहाड़ पूजा'। यह अगहन महीने (दिसंबर) में होता है। इसमें पास के पहाड़ या अन्य निर्धारित स्थल पर पाहन द्वारा पारंपरिक रूप से हँड़िया, मुरगी आदि की पूजा की जाती है। उस दिन सभी लोग हँड़िया और मुरगी बहुत उत्साह के साथ पीते-खाते हैं।

सरहुल के बाद मुंडाओं का दूसरा पर्व है 'बुरुबोंगा' अर्थात् 'पहाड़ पूजा'। यह अगहन महीने (दिसंबर) में होता है। इसमें पास के पहाड़ या अन्य निर्धारित स्थल पर पाहन द्वारा पारंपरिक रूप से हँड़िया, मुरगी आदि की पूजा की जाती है। उस दिन सभी लोग हँड़िया और मुरगी बहुत उत्साह के साथ पीते-खाते हैं।

ऊपर वर्णित दोनों त्योहार (सरहुल और बुरुबोंगा) विशुद्ध रूप से मुंडा लोगों (एवं उनके अनुषंगी जातियों संथाल, हो एवं उराँव) द्वारा मनाया जाता है। इन त्योहारों में मुंडाओं की संस्कृति स्पष्ट रूप से झलकती है। इसके नृत्य और गीत मुंडा संस्कृति से ओत-प्रोत हैं।

मुंडाओं के अन्य त्योहार हैं—करमा और सोहराई। परंतु ये दोनों त्योहार गैर-आदिवासी भी मानते हैं। करमा में करमा की दो डालियाँ आँगन में गाड़ी जाती हैं, कुछ नेग-नियम के साथ। निर्धारित करमा त्योहार के तीन दिन पहले करमा गाछ को निमंत्रण दिया जाता है। तीन लड़कियाँ उपवास करती हैं और करमा के दिन करमा की डाली काटकर आँगन में गाड़ी जाती है। उस दिन रात भर नाच का आयोजन होता है। इसमें किसी पाहान-पुजारी की आवश्यकता नहीं पड़ती है। गृहस्वामी ही आवश्यक पूजा-पाठ करते हैं। यह भादो महीने के शुक्लपक्ष एकादशी (अगस्त) में मनाया जाता है। दूसरे दिन सवेरे उस करमा की डाली को बहुत ही उत्साह एवं बाजे-गाजे के साथ ले जाकर नदी, तालाब या किसी जलाशय में विसर्जित कर दिया जाता है। करमा नाच में जो गीत गाए जाते हैं, वे सभी बाँग्ला भाषा में होते हैं। अतएव, आशंका होती है कि यह त्योहार बंगाल से नकल किया गया है।

एक अन्य त्योहार है सोहराई। यह दिवाली के दूसरे या तीसरे दिन मनाया जाता है। इसमें गौओं को पूजा दी जाती है। घर-आँगन को साफ किया जाता है। उस दिन सवेरे से ही लोग गौओं को सजाने-सँवारने एवं खिलाने में लग जाते हैं। धान की बाली का हार एवं सींगों में बाली को ही झाड़ू बनाकर गाय, बैलों को सजाया जाता है। उनके शरीर में कई तरह की चित्रकारी की जाती है। यह सब गायों को नहला-धुलाकर किया

एक अन्य त्योहार है सोहराई। यह दिवाली के दूसरे या तीसरे दिन मनाया जाता है। इसमें गौओं को पूजा दी जाती है। घर-आँगन को साफ किया जाता है। उस दिन सवेरे से ही लोग गौओं को सजाने-सँवारने एवं खिलाने में लग जाते हैं। धान की बाली का हार एवं सींगों में बाली को ही झाड़ू बनाकर गाय, बैलों को सजाया जाता है। उनके शरीर में कई तरह की चित्रकारी की जाती है।

जाता है। गौशाला में तीन या पाँच तक की संख्या में मुरगियों की बलि दी जाती है। उसमें गौरैया या गोवर्द्धन पूजा की जाती है। साथ ही बुरु बोंगा, धर्म आदि के नाम से मुरगियों की बलि चढ़ाई जाती है। पूजा के बाद खाने-पीने का आयोजन होता है, जिसमें मुरगी, भात और हँड़िया का दौर चलता है। चावल की छिलका रोटी भी बनाई जाती है। शाम को गौओं को गौशाला से निकाला जाता है और बाजे के साथ उन्हें दौड़ाया जाता है। इस प्रकार त्योहार का अंत होता है।

ऊपर वर्णित बा बोंगा, बुरू बोंगा, हातु बोंगा आदि पर्व त्योहारों में होनेवाली सामूहिक पूजा के अलावा हिंदू धर्म में होनेवाली व्यक्तिगत सत्यनारायण की पूजा एवं ग्रह शांति के अनुष्ठान की भाँति मुंडाओं में व्यक्तिगत रूप से गृहप्रवेश आदि के उपलक्ष्य में 'सोसो बोंगा' की पूजा का आयोजन होता है। गृहप्रवेश के उपलक्ष्य में पाहन अथवा देओंड़ा (ओझा) घर के आँगन में बैठकर कोयला चूर्ण, लाल मिट्टी का चूर्ण और चावल के आटे से जमीन पर एक आकृति बनाता है। फिर मुरगी के एक अंडे को उस आकृति के बीचोबीच रखा जाता है और उस अंडे से सोसो (भेलवा) की डाली के चीरे के एक किनारे को मिलाकर रखा जाता है। उसके बाद देओंड़ा अरोआ चावल से भरे एक सूप को उठाता है और एक लंबा सा मुंडारी गीत (मंत्र) गाता है, जिसमें सिंगबोंबा और बारह असुर भाइयों और तेरह देओता भाइयों की कहानी कही जाती है। सोसो बोंगा की प्रार्थना कर लेने के बाद देओंड़ा सभी उपस्थित लोगों का

ऊपर वर्णित बा बोंगा, बुरू बोंगा, हातु बोंगा आदि पर्व त्योहारों में होनेवाली सामूहिक पूजा के अलावा हिंदू धर्म में होनेवाली व्यक्तिगत सत्यनारायण की पूजा एवं ग्रह शांति के अनुष्ठान की भाँति मुंडाओं में व्यक्तिगत रूप से गृहप्रवेश आदि के उपलक्ष्य में 'सोसो बोंगा' की पूजा का आयोजन होता है।

अभिवादन (जोहार) करता है। उसके बाद सभी उपस्थित लोग हँड़िया पीते हैं और देओंड़ा एक प्याला इली (हँडिया) के साथ अंडे की जर्दी खा जाता है। अगली सुबह घर का मालिक सोसो या भेलवा के पेड़ की डाली और केंओद की एक डाली को अपने खेत में गाड़ देता है।

जैसा कि कहा गया है कि मुंडा लोग प्रकृति पूजक हैं। वे प्रकृति के प्रत्येक अंग, यथा—नदी, पहाड़, जंगल, खाई, गुफा आदि में उसकी चेतन सत्ता के रूप में प्रत्येक में 'बोंगा' की उपस्थिति मानते हैं। नदियों या पानी के लिए 'इकिर बोंगा', पहाड़ के लिए 'बुरु बोंगा', जंगल के लिए 'बिर बोंगा', खाई या गड्ढों के लिए 'नागे एरा बिंदी एरा' आदि की उपस्थिति मानते हैं। मुंडा लोग यह भी मानते हैं कि सामान्यत: ये 'एरा' बिना कारण के मनुष्य को कोई नुकसान नहीं पहुँचाते हैं। केवल उनकी शांति भंग करने पर ही वे क्रुद्ध होते हैं। मैं उनकी उपस्थिति का ज्वलंत उदाहरण प्रस्तुत करता हूँ—

वे प्रकृति के प्रत्येक अंग, यथा—नदी, पहाड़, जंगल, खाई, गुफा आदि में उसकी चेतन सत्ता के रूप में प्रत्येक में 'बोंगा' की उपस्थिति मानते हैं। नदियों या पानी के लिए 'इकिर बोंगा', पहाड़ के लिए 'बुरु बोंगा', जंगल के लिए 'बिर बोंगा', खाई या गड्ढों के लिए 'नागे एरा बिंदी एरा' आदि की उपस्थिति मानते हैं।

(1) मेरे बड़े भाई जाड़े में प्रत्येक रात को लगभग 3-4 बजे अपने भैंसे को चराने बाहर ले जाते थे। गाँव के कुछ अन्य युवक भी ऐसा करते थे। एक दिन नदी के किनारे की गहरी और लंबी खाई के पास वह भैंसों को लेकर गए, तो खाई के अंदर की आवाज सुनकर खाई के अंदर झाँकने लगे। अंदर का दृश्य देखकर वे दंग रह गए और भय भी लगने लगा। उस गहरी खाई के भीतर स्पष्ट प्रकाश में अनेक गौर वर्ण की नारियाँ दिख रही थीं। उनमें तो कोई रोते बच्चे को दूध पिला रही थी,

कोई ढेंकी कूट रही थी, तो कोई सूप से चावल फटक रही थी। भइया ने अपने साथी के पास, जो पास में ही था, जाकर सबकुछ बताया। फिर दोनों मिलकर खाई के भीतर का दृश्य देखने लगे। बाद में ऊँची आवाज में बातें करने पर संपूर्ण दृश्य अंतर्धान हो गया। उस गहरी खाई के भीतर एक गूलर का वृक्ष था जो आज भी है। यह 'नागे एरा' की उपस्थिति एवं अस्तित्व का प्रमाण है।

(2) दूसरा दृष्टांत : हमारे गाँव का एक नवयुवक (डोम) प्रतिदिन शाम को गरमियों में सूर्यास्त के बाद ढाँक (बड़े आकार की ढोलक) बजाना सीखने के लिए नदी के किनारे, जहाँ अनेक छोटी-बड़ी खाइयाँ थीं, जाता था और जोर-जोर से ढाँक बजाता था। कुछ दिन बाद देखा गया कि उसके समस्त शरीर में फफोले, फोड़े निकलने लगे, मानो चेचक हो गया हो। परंतु दर्द बिल्कुल नहीं था। गाँव के बूढ़े बुजुर्गों ने बताया, 'यह कोई चेचक नहीं है। इसने 'नागे एरा' के निवास स्थान के पास रोज शाम को ढाँक बजाकर उनकी शांति भंग की है। उसी का यह परिणाम है। बाद में उनके सुझाव से वह हल्दी लगा हुआ आरवा चावल और सिंदूर पत्तों के दोनों में तीन दिन तक वहाँ देकर आया तो वह बिल्कुल ठीक हो गया। फोड़े-फुंसी का कोई चिह्न भी नहीं रहा। यह भी नागे एरा के अस्तित्व और उपस्थिति का प्रमाण है।

हमारे गाँव का एक नवयुवक (डोम) प्रतिदिन शाम को गरमियों में सूर्यास्त के बाद ढाँक (बड़े आकार की ढोलक) बजाना सीखने के लिए नदी के किनारे, जहाँ अनेक छोटी-बड़ी खाइयाँ थीं, जाता था और जोर-जोर से ढाँक बजाता था। कुछ दिन बाद देखा गया कि उसके समस्त शरीर में फफोले, फोड़े निकलने लगे, मानो चेचक हो गया हो।

(3) हिंदू धर्म की तरह मुंडाओं में भी तंत्र-मंत्र की साधना

करनेवाले हैं। उनमें जो शुभ इच्छा से एवं परोपकार की भावना से मंत्र-तंत्र की साधना करते हैं, उनको देओंड़ा (ओझा) कहते हैं। दूसरे प्रकार के मंत्र-तंत्र साधक दूसरों का अनिष्ट करने की इच्छा से साधना करते हैं। उन्हीं लोगों में महिलाओं को 'डायन' कहते हैं और पुरुषों को 'बाकोस' कहा जाता है। वे अनिष्टकारी प्रेतों की पूजा-आराधना करते हैं। इन्हीं डायन और बाकोस के संबध में अपनों के साथ हुई घटना का यहाँ उल्लेख करता हूँ—

(1) मेरी पुत्री जब 11-12 वर्ष की थी, वह गाँव के ही एक छोर पर स्थित अपनी फुआ (मेरी चचेरी दीदी) के घर गई थी। शाम को करीब सात बजे खबर मिली कि 'बेबी' (मेरी पुत्री) के शरीर पर भूत (प्रेत आत्मा) सवार हुआ है और वह (बेबी) अनाप-शनाप हरकत कर रही है। खबर सुनकर मैं तुरंत वहाँ गया। उसको देखकर मैंने 'बेबी' कहकर आवाज दी, तो वह तिरछी नजरों एवं विचित्र भयानक रूप से मुझे घूरने लगी। मैंने उसका हाथ पकड़कर जोर से 'बेबी' कहकर आवाज दी। पर वह मेरी ओर ताकती ही न थी। मैंने उसकी दोनों बाँह पकड़कर उसे झकझोरा। इस पर पहले तो पूरी ताकत से मेरा हाथ छुड़ाने का वह प्रयास करती रही। पर मैंने कसकर उसकी बाँहों को पकड़े रखा और चिल्लाते हुए और उसकी आँखों में आँखें डालते हुए बोला, "मैं जान गया हूँ तुम कौन

मेरी पुत्री जब 11-12 वर्ष की थी, वह गाँव के ही एक छोर पर स्थित अपनी फुआ (मेरी चचेरी दीदी) के घर गई थी। शाम को करीब सात बजे खबर मिली कि 'बेबी' (मेरी पुत्री) के शरीर पर भूत (प्रेत आत्मा) सवार हुआ है और वह (बेबी) अनाप-शनाप हरकत कर रही है। खबर सुनकर मैं तुरंत वहाँ गया। उसको देखकर मैंने 'बेबी' कहकर आवाज दी, तो वह तिरछी नजरों एवं विचित्र भयानक रूप से मुझे घूरने लगी।

हो!'' इतना कहते ही मेरी बेबी धीरे-धीरे ढीली पड़ने लगी और मेरे शरीर पर निढाल हो गई। करीब दस मिनट बाद वह पूरी तरह से होश में आकर स्वस्थ हो गई। जिसके द्वारा प्रेषित प्रेत का मुझे अंदेशा था, वह महिला थी और वह बहुत दिनों तक मेरा सामना करने से कतराती थी।

(2) मेरी दीदी (चचेरी) की ससुराल में एक विचित्र घटना घटी। दिवाली (अमावस्या) की आधी रात को उसके सास-ससुर निर्वस्त्र होकर वस्त्र के स्थान पर कमर में झाड़ू पहने हुए घर से जब निकल रहे थे, तो दीदी की आँखें खुल गईं। उसने देखा कि सास-ससुर निर्वस्त्र होकर, झाड़ू कमर में लपेटे हुए श्मशान घाट की ओर चले गए तो वह बहुत डर गई। उसकी नींद तो उड़ ही गई थी। कुछ देर बाद ही वह पड़ोस के आत्मीय के घर जा भागी। दूसरे दिन उसने मायके में (हम लोगों को) खबर भेजी। मेरे ताऊजी दूसरे ही दिन दीदी की ससुराल जाकर दीदी को अपने घर ले आए। तब से दीदी जीवनांत तक अपनी ससुराल नहीं गई।

मेरी दीदी (चचेरी) की ससुराल में एक विचित्र घटना घटी। दिवाली (अमावस्या) की आधी रात को उसके सास-ससुर निर्वस्त्र होकर वस्त्र के स्थान पर कमर में झाड़ू पहने हुए घर से जब निकल रहे थे, तो दीदी की आँखें खुल गईं। उसने देखा कि सास-ससुर निर्वस्त्र होकर, झाड़ू कमर में लपेटे हुए श्मशान घाट की ओर चले गए तो वह बहुत डर गई।

(3) डायन औरतें अनिष्टकारी तंत्र-मंत्र की धनी होती हैं। उनका हृदय ईर्ष्या, द्वेष और कुटिलता से भरा रहता है। उन्हें उस काली विद्या पर अत्यधिक घमंड होता है। वे बिना कोई कारण से अनायास ही किसी का अनिष्ट करने को उद्यत रहती हैं और दूसरों का कष्ट देखकर हर्षित होती हैं।

ऐसी ही एक घटना मेरे नौ वर्षीय पुत्र के साथ हुई। मेरे दो बच्चों

का कर्णछेदन हो रहा था। उक्त पुत्र के कर्णछेदन में जब अत्यधिक कठिनाई हो रही थी। जो भी ताँबे का तार कर्णछेदन के लिए उपयोग करते, वह छेदन न करके टेढ़ा हो जाता था। बच्चा दर्द से रो रहा था। आँगन में मेहमानों की भीड़ थी। इतने में अकस्मात् मेरी दृष्टि एक महिला पर पड़ी, जो मेरे दरवाजे की चौखट पर बैठी थी। वह आँखें फाड़कर अपलक, एकटक बच्चे पर नजर गड़ाए हुए थी। मैंने तुरंत उसका ध्यान भंग करने के लिए जोर से चिल्लाकर कहा, "किस शैतान की नजर लग रही है ?" ऐसा कहते हुए मैं उसकी ओर देखने लगा। इससे उस महिला का ध्यान भंग हो गया और घबरा सी गई। ज्यों ही उसकी नजर हटी, कर्णछेदन भी सुगमता से हो गया।

ऊपर वर्णित त्योहारों के अतिरिक्त आजकल हिंदू संसर्ग में रहकर मुंडा लोग हिंदू त्योहारों, यथा दीवाली, दशहरा, होली, मकर संक्रांति आदि भी धूमधाम से मनाते हैं। रामनवमी, शिवरात्रि, महापंचमी (सरस्वती पूजा) आदि भी अनेक जगहों में मुंडाओं के बीच मनाए जाने लगे हैं।

ऊपर वर्णित त्योहारों के अतिरिक्त आजकल हिंदू संसर्ग में रहकर मुंडा लोग हिंदू त्योहारों, यथा दीवाली, दशहरा, होली, मकर संक्रांति आदि भी धूमधाम से मनाते हैं। रामनवमी, शिवरात्रि, महापंचमी (सरस्वती पूजा) आदि भी अनेक जगहों में मुंडाओं के बीच मनाए जाने लगे हैं।

अन्य धर्म (हिंदू आदि) संस्कृति की तरह मुंडाओं के धर्म और संस्कृति में भी अंधविश्वास का बोलबाला है। हिंदू धर्म में जिस प्रकार वट या पीपल के पेड़, यदि किसी विशाल भवन की दीवार को फाड़ता हुआ क्यों न हो, को काटना धर्म विरुद्ध माना जाता है, उसी प्रकार मुंडाओं के अंधविश्वास के कुछ दृष्टांत नीचे दिए गए हैं—

1. छठी के दिन नवजात शिशु के पेट में गरम हँसुए से अनेक छेद

किए जाते हैं। बच्चा रो भी नहीं सकता है। नवजात शिशु के पेट में जलते हुए हँसुए से भोंकना (छेद करना) जैसा जघन्य एवं क्रूरतापूर्ण कृत्य इस विश्वास के कारण किया जाता है कि भविष्य में बच्चे को कभी पेट दर्द नहीं सताएगा।

2. ग्राम पूजा की पूर्व संध्या पर ग्रामीण लोग घर-घर के कोने-कोने से हो-हल्ला करते हुए, लाठी पटकते हुए ग्राम के सीमांत क्षेत्र में जाकर लाठियों को फेंक देते हैं। दूसरे दिन सवेरे गाँव की औरतें प्रत्येक घर से पुरानी हाँड़ी-झाड़ू लेकर उसी प्रकार सीमांत में जाकर फेंक देती हैं। यह कृत्य इस विश्वास के कारण किया जाता है कि ऐसा करने से गाँव में छिपा हुआ रोग भाग जाता है। इससे मिलता-जुलता मुसलमानों में भी एक रिवाज है, जहाँ मुसलमान लोग सऊदी अरब के मदीना में हज यात्री एक दीवार पर शैतान को मारने के लिए पत्थर मारते हैं।
3. डायन के कृत्य के बारे में भी मुंडा समाज में विश्वास है।
4. किसी प्रकार की बीमारी को प्रेत आदि का प्रकोप या डायन का कृत्य मानते हैं; इसलिए कोई व्यक्ति बीमार पड़ने पर डॉक्टर या अच्छे चिकित्सक से इलाज करने के बजाय ओझा आदि के चक्कर में फँसे रहते हैं।
5. इसी प्रकार उन लोगों में विश्वास है कि एक प्रेतयोनि नागे एरा और विंदी एरा, जिनका निवासस्थान गाँव के बाहर के झाड़ी भरे गड्ढे, नदी-घाट, पहाड़ की तराई आदि माना जाता है, के बारे में मुंडाओं का विश्वास है कि वे मनुष्य के जीवन को प्रभावित कर सकती हैं।
6. चुड़ैल—यह एक जलती हुई अंगार जैसी दृष्टिगत होती है। लोगों का विश्वास है कि ये स्त्री जाति की होती हैं और केवल पुरुषों को तंग करती हैं। वे मनुष्य को गुदगुदी देकर

हँसाते-हँसाते थका देती हैं और मनुष्य मर जाता है, ऐसा विश्वास है। वैज्ञानिकों ने इसे फास्फोरस के पानी से मिलने के प्रतिक्रियास्वरूप माना है, अर्थात् पानी लगने से फॉस्फोरस ज्वलनशील हो जाता है। परंतु कुछ घटनाओं को देखने पर फॉस्फोरसवाला सिद्धांत सही प्रतीत नहीं होता। ऐसी ही एक घटना, जो अत्यधिक रोमांचक भी है, का यहाँ उल्लेख करना प्रासंगिक होगा। यह घटना मेरे पिता से संबंधित है।

एक दिन मेरे पिताजी (लगभग 65 वर्ष पहले) अर्थात् 1957 ई. में शाम के समय एक ग्राम के बाजार (साप्ताहिक हाट) से गाँव लौट रहे थे। ज्येष्ठ का महीना था। गरमी के बाद वर्षा आ गई थी। अँधेरा हो चुका था। अपने गाँव पहुँचने में लगभग दो किलोमीटर का रास्ता बाकी था; बीच में नदी भी पार करनी थी। पिताजी ने आधा कि.मी. दूर आगे रास्ते पर एक प्रकाश देखा, जो आँखमिचौनी जैसे जलता-बुझता सा दिखता था।

एक दिन मेरे पिताजी (लगभग 65 वर्ष पहले) अर्थात् 1957 ई. में शाम के समय एक ग्राम के बाजार (साप्ताहिक हाट) से गाँव लौट रहे थे। ज्येष्ठ का महीना था। गरमी के बाद वर्षा आ गई थी। अँधेरा हो चुका था। अपने गाँव पहुँचने में लगभग दो किलोमीटर का रास्ता बाकी था; बीच में नदी भी पार करनी थी। पिताजी ने आधा कि.मी. दूर आगे रास्ते पर एक प्रकाश देखा, जो आँखमिचौनी जैसे जलता-बुझता सा दिखता था। उन्होंने सोचा, कोई आदमी लालटेन लेकर आगे-आगे जा रहा है। उस तक पहुँचने के उद्‌देश्य से वे जल्दी-जल्दी डग बढ़ाने लगे। जब पचास फीट के करीब पहुँचे तो उन्हें समझ में आया कि वह आदमी नहीं, बल्कि चुड़ैल है। पिताजी भय त्यागकर लाठी जमीन पर पटकते हुए धमकी देने लगे, तो वह प्रकाश पुंज रास्ते से हटकर दाहिनी तरफ

लगभग आधा कि.मी. दूर चला गया। पिताजी तब निश्चिंत होकर आगे बढ़ने लगे। परंतु कुछ ही दूर चलने पर वह प्रकाश का गोला फिर रास्ते पर उनके सामने लगभग सौ गज की दूरी पर आ गया। पिताजी पहले की तरह धमकी देने लगे तो वह रास्ते से हट गया। इस बार वह दाहिनी तरफ बहुत दूर, लगभग एक कि.मी. दूर चला गया। इस बार पिताजी पूर्णरूप से निश्चिंत होकर आगे चलने लगे और नदी के किनारे पहुँच गए। नदी में घुटने भर पानी था। कपड़े समेटकर ज्यों ही नदी के पानी में वे उतरे कि त्यों ही उस प्रकाश के गोले ने उड़ते हुए तुरंत उनके सामने आकर रास्ता रोक लिया। इस बार वह इतना नजदीक आ गया था कि पिताजी का शरीर उसके प्रकाश से नहला गया। पिताजी पहले की तरह ही उसे भगाने के लिए लाठी घुमाते हुए धमकी देने लगे, परंतु वह टस से मस नहीं हुआ और जोर-जोर से 'सी-सी' की आवाज करते हुए पिताजी के शरीर को प्रकाश से सराबोर किए रखा। अंत में पिताजी को भय आ गया। भयवश उन्होंने पास के गाँव के एक रिश्तेदार को आवाज दी। उस समय नदी के दूसरे किनारे पर एक आदमी जाल से मछली पकड़ रहा था। इनकी आवाज सुनकर उस आदमी ने जवाब दिया। उधर की आवाज सुनते ही चुड़ैल वहाँ से हट गई, और तब पिताजी नदी पार कर घर आए। घर आकर उस चुड़ैल को, जो तब भी वहाँ से दिख रहा था, दिखाते हुए हम लोगों को उस घटना का वृत्तांत सुनाने लगे। ऊपर वर्णित घटना विज्ञानियों के फास्फोरस सिद्धांत से मेल नहीं खाती।

□

मुंडाओं के संस्कार

जन्म संस्कार—हिंदुओं में बच्चे के जन्म के छठे दिन 'छठी' मनाई जाती है। परंतु मुंडाओं में यह नवें दिन में मनाई जाती है। उस दिन घर के कपड़ों की साफ-सफाई, नवजात शिशु को नहलाना, नाई से सभी का नाखून आदि साफ कराना, हल्दी-तेल लगाना आदि काम होता है। जच्चा (शिशु की माँ) को भी उस दिन नहलाया जाता है। नवें दिन में मनाने के कारण मुंडा भाषा में 'छठी' को 'नारता' कहा जाता है। बच्चे के जन्म से नौ दिन तक घर में 'छूत' माना जाता है। मांस-मछली का सेवन उस बीच बिल्कुल निषेध है।

नामकरण—बच्चे का नामकरण भी प्रायः नारता (छठी) के दिन ही होता है। बच्चे का 'साकिन' या 'मिता' उसी दिन किया जाता है। इसके लिए एक थाली या किसी पात्र में पानी रख दिया जाता है। इसके बाद उस पानी पर दूब घास छोड़ दी जाती है। तब घर के किसी सदस्य (सामान्यतः घर के बड़े-बुजुर्ग और लड़की होने की स्थिति में घर की बूढ़ी) के नाम से एक आरवा चावल उस पानी में छोड़ दिया जाता है। यदि दूब घास और चावल दोनों आपस में मिल जाएँ तो उस व्यक्ति के साथ शिशु का साकिन (मिता) माना जाता है। यदि दूब और चावल आपस में न मिलें तो किसी अन्य व्यक्ति के नाम से उसी प्रकार चावल का दाना छोड़ा जाता है। यह प्रक्रिया, एक के बाद एक, तब तक चलता

रहता है, जब तक किसी व्यक्ति के नाम पर दूब और चावल आपस में नहीं मिलते। उस दिन हँसुआ को लाल गरम करके शिशु के पेट में सात-आठ जगह उसे भोंक दिया जाता है। गरम जलते हुए लोहे से पेट में दागना कितना असहनीय है, यह कल्पना से परे है। मुंडाओं का विश्वास है कि ऐसा करने से भविष्य में पेट दर्द की बीमारी नहीं होगी।

मुंडाओं का दूसरा सामाजिक संस्कार है कर्णछेदन। इसके लिए कोई खास दिन निर्धारित नहीं रहता है। कहीं तो बुरुबोंगा त्योहार के दिन और कहीं माघ पंचमी (सरस्वती पूजा) के दिन इसका अनुष्ठान किया जाता है। बच्चे को नहला-धुलाकर एवं नया वस्त्र पहनाकर लोहे या ताँबे के तार से कर्णछेदन किया जाता है। उस दिन कुटुंब जनों के साथ भोज-भात का भी आयोजन होता है।

नामकरण का आयोजन कभी-कभी इक्कीसवें दिन भी किया जाता है, परंतु ऐसा बहुत कम होता है। साकिन प्रथा के कारण मुंडाओं में दादा-परदादा का नाम पोते-पड़पोते में पुनरावृत्त होता रहता है।

कर्णछेदन—मुंडाओं का दूसरा सामाजिक संस्कार है कर्णछेदन। इसके लिए कोई खास दिन निर्धारित नहीं रहता है। कहीं तो बुरुबोंगा त्योहार के दिन और कहीं माघ पंचमी (सरस्वती पूजा) के दिन इसका अनुष्ठान किया जाता है। बच्चे को नहला-धुलाकर एवं नया वस्त्र पहनाकर लोहे या ताँबे के तार से कर्णछेदन किया जाता है। उस दिन कुटुंब जनों के साथ भोज-भात का भी आयोजन होता है।

विवाह संस्कार—मुंडा समाज में विवाह के लिए पहले लड़का पक्ष लड़की पक्ष को विवाह का प्रस्ताव देता है। इसके लिए एक संयोजक, जिसे 'दुतामदार' कहा जाता है, रहता है। दुतामदार ही दोनों पक्षों से संवाद प्रारंभ कराता है। इसके बाद दोनों पक्ष—पहले वर पक्ष और बाद में कन्या पक्ष एक-दूसरे के यहाँ जाते हैं। कुछ रस्में पूरी की जाती हैं। कन्या पक्ष

जब वर पक्ष के यहाँ जाता है तो वहीं कन्यामूल्य (गोनों) का निर्धारण होता है। मुंडाओं में लड़के के पिता और लड़की के पिता (समधी) के बीच समानता का दर्जा रहता है।

मुंडाओं में दहेज प्रथा नहीं है। वर पक्ष कन्या मूल्य देकर विवाह करते हैं। जब दोनों पक्षों की ओर से स्वीकृति या सहमति मिल जाती है, तब विवाह का अंतिम निर्णय लिया जाता है। दोनों पक्षों के आने-जाने के क्रम में शकुन-अपशकुन के बारे में चर्चा होती है। जब कोई अपशकुन की घटना या दृश्य दिखता है तो उसे 'एड़े' कहते हैं। मुंडा लोग 'एड़े' होने पर विवाह प्रस्ताव भंग भी कर देते हैं या किसी योग्य ओझा से 'एड़े' का निराकरण कराते हैं। मुंडाओं में वर-वधू के विवाह के लिए जन्मकुंडली आदि देखने का कोई प्रचलन नहीं है। दोनों पक्षों के आवागमन के समय के शकुन-अपशकुन या 'एड़े' ही उनका मार्गदर्शक है। 'एड़े' के कुछ उदाहरण, यथा यात्रा में निकलते समय खाली हाँड़ी को देखना, बिल्ली का रास्ता काटना, गाय का बछड़े के लिए चिल्लाना या बछड़े का गाय के लिए चिल्लाना, आदि। जब सब प्रकार से दोनों पक्ष संतुष्ट हो जाते हैं, तब विवाह का दिन निश्चित किया जाता है। विवाह के तीन या पाँच दिन पहले शुभ मुहूर्त देखकर, लग्न लेने के लिए वर पक्ष के तीन या पाँच आदमी कन्या के घर जाते हैं और लग्न (विवाह दिन तय करने की औपचारिकता) लेकर आते हैं। तत्पश्चात् निर्धारित दिन को वर पक्ष बारात लेकर जाता है और कन्या के

मुंडाओं में दहेज प्रथा नहीं है। वर पक्ष कन्या मूल्य देकर विवाह करते हैं। जब दोनों पक्षों की ओर से स्वीकृति या सहमति मिल जाती है, तब विवाह का अंतिम निर्णय लिया जाता है। दोनों पक्षों के आने-जाने के क्रम में शकुन-अपशकुन के बारे में चर्चा होती है। जब कोई अपशकुन की घटना या दृश्य दिखता है तो उसे 'एड़े' कहते हैं।

घर में विवाह संपन्न होता है। आजकल अधिकतर मुंडा परिवार में विवाह ब्राह्मण द्वारा संपन्न होता है। पहले पाहान द्वारा संपन्न होता था। पचपरगना क्षेत्र में तो शत-प्रतिशत मुंडा घरों में ब्राह्मण द्वारा विवाह संपन्न होता है। कन्या के घर में बारातियों को साधारणतः सामिष भोज दिया जाता है।

ऐसा प्रतीत होता है, मुंडाओं का यह 'पीछा सेटेर' महाभारत काल की परंपरा को, जिसमें पांडव लोग, जब ब्राह्मण के भेष में द्रौपदी को स्वयंवर में जीतकर ले जाने लगे थे तो द्रौपदी के भाई ने यह सुनिश्चित करने के लिए उनका पीछा किया था कि आखिर बहन द्रौपदी को स्वयंवर में जीतकर ले जानेवाले कौन थे। 'पीछा सेटेर' वालों को सामिष भोज खिलाया जाता है।

हँड़िया की भी व्यवस्था अनिवार्य रूप से होती है। बारातियों के लौटने के दूसरे दिन कन्या पक्ष के लोग अपने कुटुंब रिश्तेदारों के साथ 'पीछा सेटेर' करने वर पक्ष के घर जाते हैं, अर्थात् बारातियों के सकुशल लौट जाने के बारे में सुनिश्चित करने के लिए वर के घर आते हैं। ऐसा प्रतीत होता है, मुंडाओं का यह 'पीछा सेटेर' महाभारत काल की परंपरा को, जिसमें पांडव लोग, जब ब्राह्मण के भेष में द्रौपदी को स्वयंवर में जीतकर ले जाने लगे थे तो द्रौपदी के भाई ने यह सुनिश्चित करने के लिए उनका पीछा किया था कि आखिर बहन द्रौपदी को स्वयंवर में जीतकर ले जानेवाले कौन थे। 'पीछा सेटेर' वालों को सामिष भोज खिलाया जाता है। तत्पश्चात् वे लोग दूल्हा-दुल्हन को एक-दो दिन के लिए साथ में ले आते हैं।

मुंडाओं की शादी में अनेक ऐसी रस्में हैं जिनमें अत्यधिक समय लगता है, जिस कारण वर एवं वधू पक्ष दोनों को अनावश्यक परेशानी उठानी पड़ती है। कार्यक्रम की सूची पहले से तैयार नहीं रहती। एक रस्म पूरी होने के बाद तुरंत दूसरी रस्मों की शुरुआत नहीं होती। दो रस्मों के बीच अत्यधिक, अनावश्यक विलंब होता है। अनेक समय तो

दिशाहीनता की स्थिति होती है, क्योंकि कोई प्रमुख दिशा निर्देशक नहीं रहता है। हर व्यक्ति अपनी-अपनी डफली बजाता है। भोज की तैयारी पहले से नहीं होती है। बारातियों के आने के बाद भी तुरंत तैयारी की शुरुआत नहीं होती। कभी-कभी तो बारातियों के पहुँचने के दस-बारह घंटे बाद बकरा कटता है और भात-दाल आदि पकाना आरंभ होता है। भोज में अत्यधिक देरी का एक ठोस कारण है 'आगियाँ' प्रथा। आगियाँ कार्यक्रम संपन्न होने के पश्चात् ही भोज की तैयारी की जाती है; बकरा तभी काटा जाता है। 'आगियाँ' के लिए घर का एक सदस्य पत्तों से बनी पथरी पर एक लोटा लिये हुए खड़ा रहता है और उपस्थित मेहमान एक-एक कर उस लोटे को छूते हैं। इसमें कोई भी कुटुंब या मित्र छूटना नहीं चाहिए। कोई मेहमान यदि पास-पड़ोस के गाँव में गया है तो उसे खोजकर लाया जाता है और आगियाँ पकड़ाया जाता है। इस कार्य में अत्यधिक विलंब होता है, क्योंकि सभी लोग इधर-उधर रहते हैं, अनुशासित नहीं रहते, अत: उन्हें ढूँढ़ने में बहुत समय लगता है। यदि किसी को 'आगियाँ' नहीं पकड़ाया गया तो वह अपनी उपेक्षा या अपमान समझेगा और भोज में शामिल नहीं होगा। दूसरी ओर कुछ मेहमानों के आगियाँ पकड़ने पर दूसरे मेहमान एतराज करते हैं और भोज नहीं खाने की धमकी देते हैं। अत: ऐसे मेहमानों को, जिनके 'आगियाँ' पकड़ने पर अन्य मेहमान आपत्ति करते हैं, बिना आगियाँ के ही भोज खाने के लिए अनुरोध किया जाता है। अतएव, कहा जा सकता है कि 'आगियाँ' एक प्रकार

'आगियाँ' के लिए घर का एक सदस्य पत्तों से बनी पथरी पर एक लोटा लिये हुए खड़ा रहता है और उपस्थित मेहमान एक-एक कर उस लोटे को छूते हैं। इसमें कोई भी कुटुंब या मित्र छूटना नहीं चाहिए। कोई मेहमान यदि पास-पड़ोस के गाँव में गया है तो उसे खोजकर लाया जाता है और आगियाँ पकड़ाया जाता है।

का सम्मान-पत्र है या भोज का निमंत्रण है, और दूसरी ओर यह एक 'मेटल डिटेक्टर' का काम करता है; अर्थात् यह उन लोगों को बेनकाब करता है, जिनमें जातिगत कुछ दोष या दाग हैं। आज के परिप्रेक्ष्य में यह एक नकारात्मक पहलू है।

मुंडा समाज में विधवा का पुनर्विवाह मान्य है। कभी-कभी देवर के साथ विधवा भाभी का विवाह हो जाता है।

मृत्यु संस्कार

मृत्यु होने पर शव को सामान्यतः दफनाया जाता है और सामाजिक रीति के अनुसार पाँचवें या सातवें दिन एक बड़ा सा पत्थर लाकर दफनाए हुए स्थान पर गाड़ दिया जाता है; उसमें कुछ रस्मों के साथ हल्दी-तेल लगाया जाता है। इस क्रिया एवं स्थान को 'हड़गड़ी' या 'सासान दिरी' कहते हैं।

मृत्यु होने पर शव को सामान्यतः दफनाया जाता है और सामाजिक रीति के अनुसार पाँचवें या सातवें दिन एक बड़ा सा पत्थर लाकर दफनाए हुए स्थान पर गाड़ दिया जाता है; उसमें कुछ रस्मों के साथ हल्दी-तेल लगाया जाता है। इस क्रिया एवं स्थान को 'हड़गड़ी' या 'सासान दिरी' कहते हैं। कुछ मुंडा परिवार में बड़े-बुजुर्ग के मरने पर शव को जला दिया जाता है और अंत में चिता को ठंडा करके राख में से अष्टांग की अस्थि चुनकर एक मिट्टी के कलश में रख दी जाती है, जिसे 'वा साला' (फूल चुनना) कहा जाता है। उस कलश को बाद में हड़गड़ी में गाड़ दिया जाता है और पूर्व वर्णित विधि से एक पत्थर उस पर गाड़ दिया जाता है।

मृत्यु के दिन से दस दिन तक समस्त परिवार में मांस-मछली का सेवन, तेल, हल्दी तथा नमक का सेवन वर्जित है। बाल और नाखून काटना भी वर्जित है। मृत्यु के दसवें दिन श्राद्ध कर्म अर्थात् उस दिन किसी

नदी या जलाशय में जाकर घर के सभी पुरुष सदस्य मुंडन कराते हैं। श्राद्ध कर्म पुत्र, भाई, पिता या कोई सगोत्रीय पुरुष सदस्य कर सकता है। पिंडदान के बाद घाट से लोटा पानी लेकर, सभी कुटुंब इष्ट-मित्र आदि के साथ पूरी शोभायात्रा की तरह लोग घर आते हैं। दूसरे दिन तिलपात होता है। ये सभी श्राद्ध कर्म आजकल अधिकतर मुंडा परिवार में ब्राह्मण द्वारा संपन्न होते हैं। पचपरगना क्षेत्र में तो शत-प्रतिशत मुंडा घरों में ब्राह्मण द्वारा ही श्राद्ध कर्म कराया जाता है। पहले ये काम पाहान द्वारा संपन्न होता था।

यहाँ एक बात का उल्लेख करना आवश्यक प्रतीत होता है : दसवें दिन नदी या किसी जलाशय के घाट से पिंडदान के उपरांत सभी लोग एक शोभायात्रा के रूप में जब घर लौटते हैं, उस समय घर के समीप पहुँचने पर उस परिवार के सभी सदस्यों को (पुरुष और नारी, बिना अपवाद के) जमीन पर पेट के बल लेटने के लिए कहा जाता है और ब्राह्मण और गोसाईं लोग उनके शरीर को पैर से स्पर्श करते हुए एवं लाँघते हुए पार हो जाते हैं। प्रत्येक व्यक्ति को, चाहे कितना भी सम्माननीय या उच्चपदस्थ हो, पुरुष या महिला हो, भू-लोटन होकर ब्राह्मण के चरण से अपना शरीर स्पर्श कराना एवं लँघवाना पड़ता है। मैं अकसर इस पर गंभीरता से सोचता हूँ, शायद मुंडाओं को अपनी पारंपरिक रस्मों को त्यागने की यह एक सजा है। एक स्थान पर मैंने देखा कि तिलपात के

यहाँ एक बात का उल्लेख करना आवश्यक प्रतीत होता है : दसवें दिन नदी या किसी जलाशय के घाट से पिंडदान के उपरांत सभी लोग एक शोभायात्रा के रूप में जब घर लौटते हैं, उस समय घर के समीप पहुँचने पर उस परिवार के सभी सदस्यों को (पुरुष और नारी, बिना अपवाद के) जमीन पर पेट के बल लेटने के लिए कहा जाता है और ब्राह्मण और गोसाईं लोग उनके शरीर को पैर से स्पर्श करते हुए एवं लाँघते हुए पार हो जाते हैं।

दिन तिलपात समाप्त होने के उपरांत पुरोहित ने गृहस्वामी से एक कटोरी में सरसों का तेल मँगवाया। तत्पश्चात् उसने उस तेल में अपने पैर का अँगूठा डुबोया और गृहस्वामी को निर्देश दिया कि उस तेल को परिवार के सभी सदस्य अपने सिर पर लगाएँ। परिवार के सभी सदस्यों ने उस तेल को सिर पर लगाया और गौरवान्वित हुए एवं अपने को धन्य समझने लगे।

श्राद्ध कर्म संपन्न होने के पश्चात् सगे-संबंधी, इष्ट-मित्रों को भोज-भात खिलाया जाता है, जिसमें प्राय: आमिष भोजन खिलाया जाता है। भोज खाने के पूर्व मुंडाओं की एक रस्म पूरी की जाती है, जिसे 'ऊँबुल रा:' (छाया का आह्वान) कहा जाता है। दो-चार लोग (पुरुष, स्त्री और बच्चे) कुछ पुआल, दो-तीन लकड़ी के टुकड़े, माचिस, एक कुदाल एवं लोहे का एक टुकड़ा लिये हुए गाँव के छोर पर जाते हैं।

श्राद्ध कर्म संपन्न होने के पश्चात् सगे-संबंधी, इष्ट-मित्रों को भोज-भात खिलाया जाता है, जिसमें प्राय: आमिष भोजन खिलाया जाता है। भोज खाने के पूर्व मुंडाओं की एक रस्म पूरी की जाती है, जिसे 'ऊँबुल रा:' (छाया का आह्वान) कहा जाता है। दो-चार लोग (पुरुष, स्त्री और बच्चे) कुछ पुआल, दो-तीन लकड़ी के टुकड़े, माचिस, एक कुदाल एवं लोहे का एक टुकड़ा लिये हुए गाँव के छोर पर जाते हैं। वहाँ उस पुआल और लकड़ी के टुकड़े को जलाते हैं एवं रिश्ते के अनुसार संबोधन करते हुए सभी लोग उस मृतक का आह्वान करते हैं एवं चिल्लाकर कहते हैं, 'तुम्हारा घर जल रहा है, तुम आओ।' इसके पहले घर के किसी कोने (बोंगाकोचा) में चावल की गुंडी फर्श पर छिड़क दी जाती है और उस पर दोने में भात रखकर सूप से ढक दिया जाता है। छाया आह्वान (ऊँबुल रा:) करनेवाले लोग आह्वान के पश्चात् एक मुरगी की बलि देकर एवं उसकी एक टाँग रस्सी में लटकाकर तथा उसे जमीन में

घसीटते हुए घर लौट आते हैं और फर्श पर सूप से ढका भात एवं फर्श की गुंडी का निरीक्षण करते हैं। ऐसी मान्यता है कि मृतक की आत्मा आकर दोने का भात खाती है। इसीलिए दोना भात और फर्श की गुंडी में चिह्न खोजा जाता है। यह बात मुंडाओं के उस विश्वास की पुष्टि करती है कि आत्मा अमर है। शरीर नष्ट होने पर भी आत्मा सदा अमर रहती है। इसकी पुष्टि इन बातों से भी होती है कि मुंडा लोग प्रत्येक पूजा-पाठ में, पर्व-त्योहारों में अपने पूर्वजों के नाम से पूजा करते हैं; उनका आह्वान किया जाता है। उनका विश्वास है कि पूर्वजों की आत्माएँ सुखी-संतुष्ट रहने से स्वयं वे भी सुखी, संपन्न एवं निर्विघ्न रहेंगे। मुंडा लोग पुनर्जन्म पर भी विश्वास करते हैं। जब किसी बच्चे का रंग-रूप, स्वभाव आदि किसी पूर्वज के रंग-रूप या स्वभाव के साथ कहीं कुछ मेल खाता हो, तो तुरंत कहा जाता है कि 'अमुक' आदमी ने ही पुनर्जन्म लिया है। इसके अतिरिक्त किसी भी पूजा-पाठ के क्रम में पूर्वजों की तीन पीढ़ी तक का ही सामान्यतः आह्वान किया जाता है। इससे यह भी निष्कर्ष निकाला जा सकता है कि तीन पीढ़ी के बाद के पूर्वज शायद अब तक पुनर्जन्म ग्रहण कर चुके होंगे।

□

मुंडाओं का स्वभाव, प्रवृत्ति, मनोवृत्ति एवं जीवनशैली

मुंडा लोग सीधा-सादा जीवन जीते हैं। उनकी प्रत्येक बात में सादगी है; दिखावे या आडंबर से वे दूर रहते हैं। वे निष्कपट और निश्छल होते हैं; छल-प्रपंच वे नहीं जानते। झूठ, फरेब, धोखे और छलावे से वे डरते हैं। इनको वे पाप मानते हैं। मुंडाओं की अवधारणा में पुण्य वह है, जिसमें मानवीय कर्तव्यों का पालन हो और इसका विपरीत आचरण पाप है। दूसरे शब्दों में, सच्चा आचरण पुण्य और झूठ, फरेब, धोखा आदि पाप हैं। कबीरदास के कथन को वे स्वाभाविक रूप से पालन करने का प्रयास करते हैं, जिसमें कहा गया है—

'साँच बराबर तप नहीं, झूठ बराबर पाप।
जाके हृदय साँच है, ताके हृदय आप॥'

झूठ कहने या सच को छुपाने का प्रयास करने पर भी उनके चेहरे पर वास्तविकता दिख जाती है; वे झूठ को छिपा नहीं सकते।

मुंडा लोग स्वभाव से संकोची होते हैं; साथ ही हीन भावना से ग्रस्त रहते हैं। संकोच के कारण उनकी ज्ञानेंद्रियाँ प्राय संकुचित रहती हैं, समुचित रूप से विकसित नहीं हो पातीं, और इसी संकोच और हीनभावना के कारण वे अन्य समुदाय से प्रायः पृथक् रहना पसंद करते हैं।

वे मितभाषी होते हैं—बहुत कम बोलते हैं। कभी-कभी तो वे आवश्यकता से भी कम बोलते हैं, जिसमें बहुधा उनकी भावना एवं

विचार दूसरों के समक्ष स्पष्ट नहीं हो पाते। हीनभावना, दब्बूपन और कम बोलने के कारण वे अपने पक्ष को तर्कसंगत रूप से दूसरों के समक्ष प्रस्तुत नहीं कर पाते। यथोचित् अभिव्यक्ति के अभाव में उनका सबल पक्ष भी कमजोर पड़ जाता है। निश्छल एवं धार्मिक दृष्टि से देखने पर ऊपर वर्णित स्वभाव अत्यंत उत्तम है। परंतु विवेक और बुद्धि के अभाव में, आज के अर्थ प्रधान युग में, ये सब उनके लिए हानिप्रद सिद्ध हो रहे हैं।

मुंडाओं में चेतनता, जागरूकता और दूरदर्शिता का सर्वथा अभाव है। वे अपने दैनिक व्यवहार एवं कार्यकलाप में दूरदर्शिता बिल्कुल नहीं दिखाते। इसी कारण वे जब-तब संकट में पड़ते हैं; अपने उद्देश्यों में सफल नहीं हो पाते, आसान काम दुष्कर बन जाता है; सुगम रास्ता दुर्गम बन जाता है। विवेक-बुद्धि और दूरदर्शितापूर्ण उठाया हुआ कदम कभी असफल नहीं होता। कहा भी गया है—'अग्रसोची सदा सुखी।' एक अंग्रेजी कहावत, जिसका आशय है—'मनुष्य अपने विवेक और दूरदर्शितापूर्ण कर्मों से स्वयं के भाग्य को बनाता है।' परंतु मुंडाओं में इन दोनों का प्राय: अभाव है। इनके स्वभाव को यदि कुछ शब्दों में व्यक्त करें, जिनके कारण वे वांछित गति से उन्नति नहीं कर पाते, तो वे हैं—उत्साहहीनता, जड़ता, संकोच, दब्बूपन, यथास्थिति में पड़े रहने की प्रवृत्ति, महत्त्वाकांक्षा का अभाव, दायित्वबोध का अभाव, संकल्प का अभाव आदि। संकोच और हीनभावना उनके रग-रग में व्याप्त

मुंडाओं में चेतनता, जागरूकता और दूरदर्शिता का सर्वथा अभाव है। वे अपने दैनिक व्यवहार एवं कार्यकलाप में दूरदर्शिता बिल्कुल नहीं दिखाते। इसी कारण वे जब-तब संकट में पड़ते हैं; अपने उद्देश्यों में सफल नहीं हो पाते, आसान काम दुष्कर बन जाता है; सुगम रास्ता दुर्गम बन जाता है। विवेक-बुद्धि और दूरदर्शितापूर्ण उठाया हुआ कदम कभी असफल नहीं होता।

है, जिस कारण उनके चहुँमुखी विकास के रास्ते अवरुद्ध रहते हैं। मुंडा लोग अपनी दयनीय दशा को सुधारने के प्रति उदासीन रहते हैं, कोई उत्साह नहीं दिखाते। इसी कारण उनके सुधार के लिए चलाई जा रही अनेक योजनाओं; परियोजनाओं के बावजूद वे अपेक्षित विकास नहीं कर पा रहे हैं। दूसरी ओर उनके अत्यंत सरल और निश्छल स्वभाव के कारण वे सहज ही ठगे जा रहे हैं। जमीन-जायदाद से निरंतर हाथ धोना पड़ रहा है। इसी कारण उन्हें अपनी जमीन से वंचित होने से बचाने के लिए अंग्रेज सरकार ने 1908 ई. में 'छोटानागपुर काश्तकारी अधिनियम' लागू किया था।

मुंडा लोग समय के मूल्य को नहीं पहचानते, इसीलिए समय का सदुपयोग नहीं कर पाते। किसी भी काम को तत्परता से नहीं करते और न ही सुनियोजित ढंग से करते हैं। चुस्ती-फुरती का सर्वथा अभाव है। सामाजिक कार्यों में इनकी ये खामियाँ स्पष्ट दिखती हैं।

मुंडा लोग समय के मूल्य को नहीं पहचानते, इसीलिए समय का सदुपयोग नहीं कर पाते। किसी भी काम को तत्परता से नहीं करते और न ही सुनियोजित ढंग से करते हैं। चुस्ती-फुरती का सर्वथा अभाव है। सामाजिक कार्यों में इनकी ये खामियाँ स्पष्ट दिखती हैं।

मुंडा लोग मस्तिष्क पर जोर देना पसंद नहीं करते। कोई भी काम, जिसमें मस्तिष्क पर जोर देना पड़ता हो, उसे वे पसंद नहीं करते। परंतु बुद्धि का निवास स्थान तो मस्तिष्क ही है। अतएव, मस्तिष्क पर ही बुद्धि निर्भर रहती है। मस्तिष्क नहीं, तो बुद्धि नहीं। मस्तिष्क को निष्क्रिय रखने का अर्थ है, बुद्धि का उपयोग नहीं करना; और यह तो सर्वविदित तथ्य है कि 'बुद्धिर्यस्य बलम् तस्य।' बुद्धि को प्रखर करनेवाले मस्तिष्कीय काम से मुंडा लोग स्वभावतः भागते हैं। इसके विपरीत बुद्धि को मंद और निष्क्रिय तथा मस्तिष्क को ज्ञानशून्य करनेवाले 'हँड़िया' का अत्यधिक

एवं नियमित सेवन करते हैं। शादी-विवाह आदि प्रत्येक सामाजिक एवं धार्मिक कार्यों में हँड़ियाँ का होना आवश्यक है, बल्कि अनिवार्य है। हँड़िया के कारण ही मुंडाओं का कोई भी सामाजिक कार्य सुनियोजित ढंग से नहीं हो पाता। यह मुंडाओं की जिंदगी का एक बड़ा ही नकारात्मक पहलू है।

मुंडा लोग किसी भी काम को गंभीरता से नहीं करते; प्राय: हर बात में लापरवाही रहती है, सुस्ती तो ऊपर से है ही। इसलिए वे काम का वांछित फल भी नहीं पाते।

यह एक सर्वविदित तथ्य है कि ऊपर वर्णित खामियों के रहते हुए विकास संभव नहीं है। दुनिया के जितने विकसित देश हैं, वहाँ के निवासी बहुत स्मार्ट, निस्संकोची, उत्साह एवं महत्त्वाकांक्षा से ओत-प्रोत रहते हैं। अपने भारत में भी देखा जा सकता है कि जो समाज उन्नत है, उनका व्यवहार और मनोवृत्ति विकासोन्मुख हो, तभी विकास की कल्पना की जा सकती है। मुंडाओं को अपनी जड़ता, उत्साह हीनता, दायित्वहीनता एवं संकोच को त्यागना होगा; लुंज-पुंज व्यवहार को त्यागकर स्मार्ट और क्रियाशील बनना होगा। क्रियाशील जीवन ही विकासोन्मुख होता है।

यह एक सर्वविदित तथ्य है कि ऊपर वर्णित खामियों के रहते हुए विकास संभव नहीं है। दुनिया के जितने विकसित देश हैं, वहाँ के निवासी बहुत स्मार्ट, निस्संकोची, उत्साह एवं महत्त्वाकांक्षा से ओत-प्रोत रहते हैं। अपने भारत में भी देखा जा सकता है कि जो समाज उन्नत है, उनका व्यवहार और मनोवृत्ति विकासोन्मुख हो, तभी विकास की कल्पना की जा सकती है।

पुरुषों के विपरीत महिलाएँ बहुत कर्मठ, परिश्रमी एवं लगनशील होती हैं। घर का काम, यथा—खाना पकाना, नदी, कुएँ आदि से पानी लाना, झाड़ू-बुहार करना, ढेंकी से धान कूटना आदि तो अनिवार्य एवं

अनन्य रूप से वे करती ही हैं, बाहर के कामों में भी समान रूप से पुरुषों का साथ देती हैं। खेती के कामों में महिलाएँ पुरुषों के समान हाथ बँटाती हैं, बल्कि कभी-कभी उनका योगदान ज्यादा होता है। खेतों में काम करने के दिनों में महिलाएँ घर का अपना रूटीन काम करने के उपरांत खेतों में दिनभर काम करती हैं। फिर शाम को घर आकर खाना पकाना, नदी-कुआँ आदि से पानी लाना, ढेंकी से धान कूटना आदि काम उन्हें ही करने पड़ते हैं, अर्थात् उन्हें दोहरा परिश्रम करना पड़ता है, जबकि पुरुषवर्ग शाम को खेतों से लौटकर विश्राम करते हैं। उन्हें घर का काम करने में अपमान महसूस होता है। केवल गंभीर रूप से पत्नी के बीमार रहने पर ही पत्नी को घर के कामों से मुक्ति मिलती है। छोटे बच्चों की देखभाल करना अनन्य रूप से पत्नी का दायित्व समझा जाता है। बच्चों को पीठ पर बाँधकर महिलाएँ बाहर का काम करने जाती हैं। यदि पति-पत्नी को ससुराल या अन्य गाँव मेहमानी करने जाना हो, तो पत्नी बच्चे को गोद में या पीठ पर बाँधकर और गठरी आदि सामान को सिर पर ढोकर चलती है; जबकि पति खाली हाथ या कभी-कभी एक डंडा हाथ में लेकर साथ चलता है। छोटे बच्चों की देखभाल, उन्हें खिलाना, गोद लेना आदि में पुरुषों का योगदान नगण्य रहता है।

यदि पति-पत्नी को ससुराल या अन्य गाँव मेहमानी करने जाना हो, तो पत्नी बच्चे को गोद में या पीठ पर बाँधकर और गठरी आदि सामान को सिर पर ढोकर चलती है; जबकि पति खाली हाथ या कभी-कभी एक डंडा हाथ में लेकर साथ चलता है। छोटे बच्चों की देखभाल, उन्हें खिलाना, गोद लेना आदि में पुरुषों का योगदान नगण्य रहता है।

हाट-बाजार में जिन्सों की खरीद-बिक्री प्रायः महिलाएँ करती हैं। पुरुषों का योगदान केवल बकरी, गाय, बैल, भैंस आदि पशुओं की

खरीद-बिक्री में रहता है। बोझा ढोने का काम प्राय: महिलाएँ ही करती हैं। पुरुष वर्ग सिर पर बोझा ढोने से परहेज करता है, वे सामान को कंधे पर ढोते हैं। मुंडाओं के व्यवहार में लचीलापन का प्राय: अभाव रहता है। किसी बात को बिना लाग-लपेट के सीधे-सपाट शब्दों में व्यक्त करते हैं। किसी मतभेद या विवाद को बातचीत या तर्कों से न सुलझाकर वे तुरंत मार-पीट पर उतर आते हैं। यों वे शांतिप्रिय हैं; शांति से रहना चाहते हैं। आवेश में वे तुरंत अपना आपा खो बैठते हैं और प्राणघातक मार-पीट कर डालते हैं। इसका प्रत्यक्ष उदाहरण न्यायालयों और कारागृहों में सैकड़ों मार-पीट करनेवाले अभियुक्त बंद पड़े हैं एवं मुकदमे चल रहे हैं। तुच्छ बातों को लेकर अपनों के बीच इनका झगड़ा चलता रहता है, जो बहुधा न्यायालय तक पहुँच जाता है। वे गरीब हैं, परंतु अहंकार चरम पर रहता है। उनमें लापरवाही भी हद से ज्यादा है।

मुंडा लोग अन्य समुदायों के साथ की अपेक्षा अपनों से ज्यादा विवाद करते हैं। इसलिए सामाजिक संगठनों में वे अधिक अभिरुचि नहीं रखते। सभी स्वयं में मस्त रहते हैं। कुछ शिक्षित मुंडाओं को छोड़कर, जिनका प्रतिशत अत्यल्प है, आम मुंडाओं में अनुशासन और शिष्टाचार शब्द प्राय: अपरिचित शब्द हैं। केवल मेहमानों-परिचितों तक शिष्टाचार है।

मुंडा लोग अन्य समुदायों के साथ की अपेक्षा अपनों से ज्यादा विवाद करते हैं। इसलिए सामाजिक संगठनों में वे अधिक अभिरुचि नहीं रखते। सभी स्वयं में मस्त रहते हैं। कुछ शिक्षित मुंडाओं को छोड़कर, जिनका प्रतिशत अत्यल्प है, आम मुंडाओं में अनुशासन और शिष्टाचार शब्द प्राय: अपरिचित शब्द हैं। केवल मेहमानों-परिचितों तक शिष्टाचार है।

जाति को लेकर उनकी रूढ़िवादिता चरम पर रहती है। छोटी-छोटी बातों के कारण अपनों को वे जाति से च्युत कर देते हैं। परंतु

अर्थ दंड देने पर, जो अधिकतर भोज-भात के रूप में होता है, फिर उसे जाति में सम्मिलित कर लिया जाता है। इसके अलावा एक और प्रकरण उल्लेखनीय है: प्रारंभ में मुंडाओं के दो धड़ों (खंगार मुंडा और कोम्पाट मुंडा) का उल्लेख किया गया है। इन दो धड़ों के बीच प्राय: विवाद होता रहा है। यहाँ तक कि यह कई बार न्यायालयों तक गया है। कोम्पाट मुंडाओं ने खंगार मुंडाओं को मुंडा जाति मानने से भी इनकार करने का प्रयास किया था, जिसका उल्लेख पहले हो चुका है। कोम्पाट मुंडाओं के हृदय में अभी भी यदा-कदा यह भेद-भाव उभरकर आता है। वरीयता को लेकर आपस में ईर्ष्या-द्वेष मुंडाओं में आम बात है। इसलिए सहज में वे संगठित नहीं हो पाते। लेकिन अब उनमें जागृति आ रही है और वे वास्तविकता को समझने लगे हैं; संगठन की ताकत का अब उन्हें एहसास होने लगा है। अब, कुछ देर ही सही, संगठन-शक्ति को समझते हुए वे छोटी-छोटी अवांछित मनभेद एवं मतभेद को दूर करने में लगे हैं। सामाजिक बैठकों का आयोजन यदा-कदा होने लगा है। इससे अपेक्षा की जा रही है कि रूढ़िवादिता एवं दकियानूसी बातों को तिलांजलि देकर एक स्पष्ट, स्वच्छ, निश्छल और बहुआयामी दृष्टिकोण पनपेगा, जिससे मुंडा समाज, सुगठित, सुसंस्कारित और शिक्षित रूप से विकसित होगा। वैसे तो पहले भी कुछ अवसरों में मुंडाओं ने अपने सहयोग, संगठन की भावना का परिचय दिया है।

जाति को लेकर उनकी रूढ़िवादिता चरम पर रहती है। छोटी-छोटी बातों के कारण अपनों को वे जाति से च्युत कर देते हैं। परंतु अर्थ दंड देने पर, जो अधिकतर भोज-भात के रूप में होता है, फिर उसे जाति में सम्मिलित कर लिया जाता है। इसके अलावा एक और प्रकरण उल्लेखनीय है: प्रारंभ में मुंडाओं के दो धड़ों (खंगार मुंडा और कोम्पाट मुंडा) का उल्लेख किया गया है।

उनके ऊपर शोषण एवं अन्याय के विरोध में उन्होंने संगठित होकर कई बार विद्रोह खड़ा किया है। कुछ उदाहरण यहाँ प्रस्तुत किए जा रहे हैं—

सर्वप्रथम मुंडाओं का विद्रोह 1797 ई. में विष्णु मानकी के नेतृत्व में बूँदी में हुआ था। उसके बाद 1831-32 में ईचागुटु परगना के सिंगराय मानकी और बड़गाँव के सुरगा मुंडा के नेतृत्व में विद्रोह हुआ। यह मुंडाओं का तीसरा विद्रोह था। मुंडाओं ने 1819-20 ई. में रुगुदेव और कोंता मुंडा के नेतृत्व में तमाड़ में विद्रोह किया। यह मुंडाओं का दूसरा विद्रोह था। सन् 1832-34 ई. में वीरभूम के गंगा नारायण सिंह के नेतृत्व में मुंडाओं ने शोषण के खिलाफ विद्रोह किया, जिसे 'भूमिज विद्रोह' कहा जाता है। इसके बाद 1860 ई. में दु:खन मानकी के नेतृत्व में तमाड़ के आस-पास व्यापक रूप से मुंडाओं का विद्रोह हुआ, जो पाँचवाँ विद्रोह था। मुंडाओं का छठा विद्रोह 1895-99 ई. में अंग्रेजों, साहूकारों और जमींदारों के विरुद्ध विरसा मुंडा के सशक्त नेतृत्व में हुआ था। यह विद्रोह व्यापक रूप में था। अंग्रेज विरसाइतों को पकड़ने के लिए बेचैन हो उठे। विरसा के विद्रोह के तरीकों से अंग्रेज घबरा गए थे। अंत में धोखे से विरसा मुंडा पकड़े गए और राँची जेल भेजे गए। वहीं उनकी मृत्यु सन् 1900 ई. के 9 जून को हुई। यह विद्रोह 'विरसा आंदोलन' के नाम से प्रसिद्ध हुआ। इस आंदोलन के परिणामस्वरूप मुंडाओं की जमीन बिक्री पर प्रतिबंध लगाने वाला 'छोटा नागपुर काश्तकारी अधिनियम' बना एवं लागू हुआ।

सर्वप्रथम मुंडाओं का विद्रोह 1797 ई. में विष्णु मानकी के नेतृत्व में बूँदी में हुआ था। उसके बाद 18 31-32 में ईचागुटु परगना के सिंगराय मानकी और बड़गाँव के सुरगा मुंडा के नेतृत्व में विद्रोह हुआ। यह मुंडाओं का तीसरा विद्रोह था। मुंडाओं ने 1819-20 ई. में रुगुदेव और कोंता मुंडा के नेतृत्व में तमाड़ में विद्रोह किया। यह मुंडाओं का दूसरा विद्रोह था।

इस बीच 1920 ई. में राजनीति से प्रेरित बहुत सारे शिक्षित आदिवासी युवक विभिन्न समितियों, सभाओं में संगठित होने लगे। कैथोलिक महासभा, उन्नति समाज, किसान सभा आदि गठित हुए। तत्पश्चात् इन तीनों संगठनों ने एक होकर एक 'आदिवासी महासभा' संगठन बनाया। इस महासभा की पहली बैठक 1938 ई. में खूँटी में हुई थी। तब तक जयपाल सिंह (मुंडा) राजनीतिक क्षितिज पर चमकते सितारे की तरह उभर रहे थे। उनके नेतृत्व की विलक्षणता से मुंडा समाज में एक नई आशा एवं अपेक्षा जाग रही थी। इसकी दूसरी आमसभा जयपाल सिंह के सभापतित्व में हुई थी। जयपाल सिंह ने झारखंड क्षेत्र की जनता में अभूतपूर्व जोश भर दिया था। लोगों में एकता की लहर दौड़ने लगी थी। जयपाल सिंह के नेतृत्व में 'झारखंड पार्टी' नामक एक राजनीतिक पार्टी गठित हुई। स्वतंत्रता के बाद प्रथम आम चुनाव में जयपाल सिंह के कुशल नेतृत्व में झारखंड पार्टी को बिहार विधानसभा में 32 सीटें मिली थीं। उस समय विधानसभा में झारखंड पार्टी के विधायक सुशील कुमार बागे विपक्ष पार्टी के नेता चुने गए। मुंडाओं में उस समय के नेता थियोडोर बोदरा, मैयाराम मुंडा, मुचीराय मुंडा, धनसिंह मुंडा, वीरसिंह मुंडा, अनिरुद्ध पातर आदि थे। उधर सिंहभूम में देवेंद्र नाथ सामंत मुंडा समाज के नेता थे। इन सभी मुंडा नेताओं के व्यवहार पर यदि दृष्टिपात किया जाए तो हम पाएँगे कि उन लोगों ने मुंडा समाज के व्यापक हित के लिए संगठित रूप से समाज

इस बीच 1920 ई. में राजनीति से प्रेरित बहुत सारे शिक्षित आदिवासी युवक विभिन्न समितियों, सभाओं में संगठित होने लगे। कैथोलिक महासभा, उन्नति समाज, किसान सभा आदि गठित हुए। तत्पश्चात् इन तीनों संगठनों ने एक होकर एक 'आदिवासी महासभा' संगठन बनाया। इस महासभा की पहली बैठक 1938 ई. में खूँटी में हुई थी।

को दिशा-निर्देश देने का यथोचित् काम नहीं किया। जयपाल सिंह ने इस दिशा में प्रभावकारी ढंग से शुरुआत की थी। वह बहुत ही कुशल नेता थे। अपने कुशल नेतृत्व से उन्होंने जन-जन में जोश भर दिया था; लोगों में आत्मविश्वास भर गया था। लोगों को लगा था कि जयपाल सिंह इस क्षेत्र के उत्थान के लिए अवश्य आवश्यक कदम उठाएँगे। वास्तव में जयपाल सिंह बहुत ही ऊँचे कद के नेता थे। उनमें नेतृत्व शक्ति कूट-कूटकर भरी हुई थी। उस समय उनकी एक-एक बात पर जनता, विशेषकर आदिवासी जनता, मर-मिटने के लिए तैयार रहती थी। परंतु परवर्तीकाल में झारखंड पार्टी को 1963 ई. में कांग्रेस के साथ विलय करके उन्होंने मुंडाओं के हृदय में अत्यधिक कष्टदायक आघात पहुँचाया; आदिवासियों की उम्मीद का बाँध टूट गया।

परवर्ती काल में झारखंड पार्टी कई गुटों में बँट गई। एक तो मूल झारखंड पार्टी एन.ई. होरो के नेतृत्व में जारी रही। दूसरी, जस्टिन रिचर्ड के नेतृत्व में 'हुल झारखंड पार्टी' का गठन हुआ। तीसरी, बागुन सुंब्रई के नेतृत्व में 'अखिल भारतीय झारखंड पार्टी' का गठन किया गया। इस प्रकार वर्चस्व की लड़ाई में झारखंड पार्टी टुकड़ों में खंडित हुई, आदिवासी हित और क्षेत्रीय हित को दरकिनार कर दिया गया।

परवर्ती काल में झारखंड पार्टी कई गुटों में बँट गई। एक तो मूल झारखंड पार्टी एन.ई. होरो के नेतृत्व में जारी रही। दूसरी, जस्टिन रिचर्ड के नेतृत्व में 'हुल झारखंड पार्टी' का गठन हुआ। तीसरी, बागुन सुंब्रई के नेतृत्व में 'अखिल भारतीय झारखंड पार्टी' का गठन किया गया। इस प्रकार वर्चस्व की लड़ाई में झारखंड पार्टी टुकड़ों में खंडित हुई, आदिवासी हित और क्षेत्रीय हित को दरकिनार कर दिया गया। वर्तमान में शिबू सोरेन के नेतृत्व में 'झारखंड मुक्ति मोर्चा' नामक राजनीतिक पार्टी गठित हुई। परंतु कुछ ही वर्षों बाद वर्चस्व की लड़ाई में यह पार्टी

भी कई टुकड़ों में बँट गई। अब तो मुंडाओं में अन्य लोगों की तरह ही राजनीतिक चेतना आ गई है। कई मुंडा नेता झारखंड राज्य में एवं केंद्र सरकार में भी मंत्री पद पर आसीन हैं। परंतु अफसोस है, ये लोग अपने जातीय गुण (अवगुण) यथा चेतनता का अभाव, संकल्प शक्ति का अभाव, दायित्वहीनता तथा उदासीनता से ग्रस्त हैं। उनके पास मुंडाओं के उत्थान के लिए कोई परियोजना नहीं है और न कोई परिकल्पना है। वे अपने अधिकार का सदुपयोग नहीं कर पा रहे हैं। ऐसा प्रतीत होता है कि मुंडा समाज की उन्नति के लिए उनके पास कोई इच्छाशक्ति नहीं है और न कोई परिपक्व परिकल्पना है। उनमें एक-दो ही ऐसे नेता हैं, जो समाज की उन्नति की इच्छा रखते हैं एवं उसके लिए प्रयत्नशील हैं। परंतु उन्हें और कुछ अनुभव की आवश्यकता है।

□

पेशा

मुंडाओं का मुख्य पेशा खेती, पशुपालन, मौसमी फलों की बिक्री, जंगल की लकड़ी (जलावन एवं भवन निर्माण) की बिक्री और मजदूरी है। पहले ये लोग जंगल के उत्पादनों पर अधिकतर आश्रित थे। विभिन्न प्रकार के जंगली फलों और कंद-मूल खाकर वे रहते थे। इसके अलावा जंगली जानवरों और चिड़ियों का शिकार करना भी उनका पेशा था। खेती में मोटे अनाज, यथा—मंडुआ, कोदो, ज्वार, कुल्थी, मोटा धान आदि की खेती करते थे। जंगलों के कट जाने के कारण उनका शिकार करना तो बंद हो गया। परंतु परंपरा को जारी रखते हुए ये लोग वर्ष में एक बार आस-पास के जंगलों में जाकर शिकार करते हैं। अब तो इनकी दशा इतनी दयनीय हो गई है कि वे काम की तलाश में अन्य राज्यों आसाम, पंजाब, दिल्ली, हरियाणा, राजस्थान, गुजरात आदि राज्यों में प्रतिवर्ष जाते हैं।

मुंडाओं में छोटे-बड़े का निर्धारण दो प्रकार से होता है—एक तो रिश्तों को आधार मानकर और दूसरा उम्र के आधार पर। जो लोग अपने से ऊपर के धरातल पर हैं, अर्थात् उच्च कोटि हैं, यथा पिता-माता, चाचा-चाची, दादा-दादी, नाना-नानी, फूफा-बुआ, मौसा-मौसी, मामा-मामी आदि। ये सभी अपने से ऊपर के धरातल पर हैं, बड़े हैं, पूज्य हैं। इनमें से किसी की उम्र यदि अपने से कम भी हो, तब भी ये बड़े और

पूज्य हैं। दूसरे हैं—अपने धरातल के लोग, जैसे—भाई-बहन इनमें चचेरे, फुफेरे, ममेरे और मौसेरे भाई-बहन, सभी आते हैं। यहाँ उम्र के अनुसार बड़ा-छोटा माना जाता है। ससुरालवालों के साथ व्यवहार में पति का स्थान पत्नी के स्थान के अनुसार और पत्नी का स्थान पति के स्थान के अनुसार होता है। इसमें उम्र का विचार नहीं किया जाता है। ससुराल में पत्नी का बड़ा भाई अपने से उम्र में छोटा होने पर भी बड़ा ही माना जाता है। उसी प्रकार मामी यदि अपने से कम उम्र की ही हो, तो भी वह बड़ी एवं पूज्य ही मानी जाती है। पति-पत्नी एक-दूसरे का नाम साधारणत: नहीं लेते।

मुंडाओं में कुछ रिश्तों के साथ वर्जन का भी नियम है। पत्नी की बड़ी बहन के साथ पति का वर्जन, पति के बड़े भाई के साथ पत्नी का वर्जन का नियम रहता है। उसके अलावा मामी के साथ पति का वर्जन और मामा के साथ पत्नी का वर्जन माना जाता है। अर्थात् इन रिश्तों के बीच शरीर का स्पर्श या सीधा व्यवहार निषेध है, यहाँ तक कि चरणस्पर्श भी निषेध है।

मुंडाओं में कुछ रिश्तों के साथ वर्जन का भी नियम है। पत्नी की बड़ी बहन के साथ पति का वर्जन, पति के बड़े भाई के साथ पत्नी का वर्जन का नियम रहता है। उसके अलावा मामी के साथ पति का वर्जन और मामा के साथ पत्नी का वर्जन माना जाता है। अर्थात् इन रिश्तों के बीच शरीर का स्पर्श या सीधा व्यवहार निषेध है, यहाँ तक कि चरणस्पर्श भी निषेध है। इसके विपरीत, देवर-भाभी और साली-जीजा के बीच हँसी-मजाक चलता है; समाज में मान्य है। मुंडाओं में दादा-पोता के रिश्ते का बहुत महत्त्व है।

मुंडा लोग आपस में ईर्ष्या-द्वेष बहुत रखते हैं। किसी मुंडा की उन्नति को दूसरे मुंडा लोग ईर्ष्या भाव से देखते हैं। परंतु अन्य लोगों की उन्नति से वे प्राय: निष्प्रभावी रहते हैं।

मुंडा लोग अन्य जातियों से छुआछूत मानते हैं। कुछ ऊँची जातियों को छोड़ किसी अन्य जाति के घर भोजन-पानी नहीं करते। स्वजातियों के बीच में छोटी-छोटी बातों को लेकर जाति का प्रश्न खड़ा कर देते हैं। यदि किसी मुंडा की लड़की किसी लड़के के साथ चली जाए तो लड़की के पिता को तुरंत जाति च्युत किया जाता है। दंडस्वरूप खस्सी-भात खिलाने पर उसे फिर जाति में मिला लिया जाता है। बिना विवाह किए स्वजातीय लड़की को आसानी से समाज ग्रहण नहीं करता। उसमें भी समाज दंड देता है। ऐसी गलतियों के लिए दंड प्राय: बकरा-भात के रूप में वसूला जाता है। अन्य जाति की औरत से उत्पन्न संतान को प्राय: समाज स्वीकार नहीं करता। बिना विवाह के लाई गई लड़की के घरवालों को लड़केवाले हेय समझते हैं; सामाजिक कार्यों में उन्हें शामिल नहीं करते, चाहे वे स्वजातीय ही क्यों न हों। जाति समाज के नियमों का उल्लंघन करनेवालों को पूर्व वर्णित 'आगियाँ' के समय पकड़ा जाता है।

□

सामाजिक व्यवहार एवं वस्त्र-आभूषण

मुंडाओं के वस्त्र और परिधान में सादगी झलकती है। दिखावा से वे दूर रहते हैं। पुरुषों का प्राचीन मुख्य वस्त्र है बोतोय, बागोवा और बारकी।

बोतोय—छह गज से आठ गज तक लंबा और छह इंच से आठ इंच चौड़ा वस्त्र, जो पुरुषों द्वारा कमर में पहना जाता है।

बागोवा (भागोवा)—लगभग एक से डेढ़ गज लंबा गमछा, जो पुरुषों द्वारा कमर और पैरों के बीच आर-पार पहना जाता है।

बारकी (बारखी)—पुरुषों द्वारा व्यवहार में लानेवाला ओढ़नी है।

पिचौरी—यह पुरुषों की छोटी ओढ़नी है।

पुराने जमाने में पहने जानेवाले औरतों के वस्त्र-लाँगा (लहँगा), ठेंठी और पाइला हैं।

लाँगा (लहँगा) और ठेंठी—यह तीन से पाँच गज का अत्यधिक मोटा खुरदरा कपड़ा है। कमर के ऊपर के अंग को उसी कपड़े से ढका जाता है और कपड़ा छोटा रहने पर अलग गमछे का प्रयोग किया जाता है; इसे 'पाइला' कहा जाता है।

करधानी—यह तसर आदि का धागा है, जो बच्चों के कमर में पहनाया जाता है।

बेनेद—यह पुरुषों द्वारा सिर पर पहना जानेवाला मुरेठा है।

खरपा—यह पुरुषों और औरतों द्वारा पैरों में पहनी जानेवाली चप्पल है।

औरतों द्वारा पहने जानेवाले प्राचीन गहने

हाथों में पहने जानेवाले गहने—साकोम, काकोन, हसली, मुदाम (अँगूठी) लँहटी, चूड़ी और बेरा (पुरुषों के लिए)।

पैरों के आभूषण—पोला, आँदू।

नाक के आभूषण—नोथ, हूछी, पातवासी, तारसाकाम।

गले में—हिसिर (माला)—मूँगा, घास आदि का।

नाकीई—यह लकड़ी की कँघी है।

ऊपर वर्णित वस्त्र और आभूषण पुराने जमाने में पहने जाते थे। लगभग सौ वर्ष पहले तक भी दूर-दराज के जंगली इलाके में ये सब पहने जाते थे। कहीं-कहीं सुदूर जंगली क्षेत्रों में, जहाँ रास्ते की सुविधा नहीं थी, साठ-सत्तर वर्ष पहले तक एक-दो लोगों द्वारा ये सब पहने हुए देखे जाते थे।

ऊपर वर्णित वस्त्र और आभूषण पुराने जमाने में पहने जाते थे। लगभग सौ वर्ष पहले तक भी दूर-दराज के जंगली इलाके में ये सब पहने जाते थे। कहीं-कहीं सुदूर जंगली क्षेत्रों में, जहाँ रास्ते की सुविधा नहीं थी, साठ-सत्तर वर्ष पहले तक एक-दो लोगों द्वारा ये सब पहने हुए देखे जाते थे।

परंतु ऊपर वर्णित वस्त्र और आभूषण अब बिल्कुल नहीं दिखते। स्वतंत्रता प्राप्ति के बाद मुंडाओं के वस्त्र और आभूषण में काफी परिवर्तन आ गया है। गैर-आदिवासियों की ही तरह अब वे वस्त्र और आभूषण पहनने लगे हैं। धार्मिक अनुष्ठान, सामाजिक संस्कार, आचार-व्यवहार में भी बहुत परिवर्तन आ गया है। संपूर्ण पचपरगना क्षेत्र, पूर्वी सिंहभूम जिला, बोकारो, चास, धनबाद आदि सीमावर्ती इलाकों के मुंडा बांग्ला

संस्कृति से ओत-प्रोत हैं। कुछ क्षेत्रों में तो लोग अपनी संस्कृति को भूल रहे हैं। इसी प्रकार उड़ीसा के सीमावर्ती क्षेत्रों में उड़िया संस्कृति का प्रभाव इन पर आ गया है। बंगाल के सीमावर्ती क्षेत्र और बंगाल के पुरुलिया जिले में मुंडा लोग अपनी भाषा भूल रहे हैं। इसका कारण यह है कि मुंडा लोग अपनी संस्कृति और भाषा को अन्यों की भाषा और संस्कृति से हेय समझते हैं। वे हीन भावना से ग्रसित हैं। यह प्रवृत्ति पढ़े-लिखे लोगों में ज्यादा दिखती है। कुछ पढ़े-लिखे लोग अन्य लोगों के समक्ष आपस में अपनी भाषा में बात करने से कतराते हैं।

मुंडा संस्कृति के छीजन का दूसरा एक ठोस कारण है—अधिसंख्य मुंडाओं का धर्म-परिवर्तन। मुंडाओं की एक बहुत बड़ी आबादी अपने संसार धर्म को त्यागकर ईसाई बन गई है। उनकी ईसाई धर्म में परिवर्तन की प्रक्रिया आज से डेढ़ सौ वर्ष पहले प्रारंभ हुई थी, जब 26 अक्तूबर, 1851 ई. को प्रथम बार दो मुंडा—बांधेया गाँव का साधो मुंडा और बालालंग गाँव का माँगता मुंडा ईसाई बने थे।

मुंडा संस्कृति के छीजन का दूसरा एक ठोस कारण है—अधिसंख्य मुंडाओं का धर्म-परिवर्तन। मुंडाओं की एक बहुत बड़ी आबादी अपने संसार धर्म को त्यागकर ईसाई बन गई है। उनकी ईसाई धर्म में परिवर्तन की प्रक्रिया आज से डेढ़ सौ वर्ष पहले प्रारंभ हुई थी, जब 26 अक्तूबर, 1851 ई. को प्रथम बार दो मुंडा—बांधेया गाँव का साधो मुंडा और बालालंग गाँव का माँगता मुंडा ईसाई बने थे। इसके बाद तो मानो ईसाई धर्म परिवर्तन की बाढ़-सी आ गई और आज तो झारखंड राज्य के बाहर अन्य राज्यों में मुंडाओं की पहचान प्राय: ईसाई मुंडा से होने लगी है। लोग साधारणत: आदिवासी होने का अर्थ ईसाई धर्मावलंबी मानते हैं।

अस्त्र-शस्त्र

मुंडाओं के अस्त्र-शस्त्र हैं—तीर-धनुष, कुल्हाड़ी, फरसा, तलवार, बारचा (भाला), दाउली, तोनोः (मूठ लगा हुआ दाउली), गुलेल, ढेलवाँस (हुरदांग) आदि। इसके अलावा बाघ को फँसाने के लिए बाघदानी, चिड़िया पकड़ने के लिए आटा (गोंद) आदि अनेक यंत्र, जो जंगली पशुओं और चिड़ियों को पकड़ने के काम आते हैं।

□

सांस्कृतिक क्रिया-कलाप
(नृत्य-गीत)

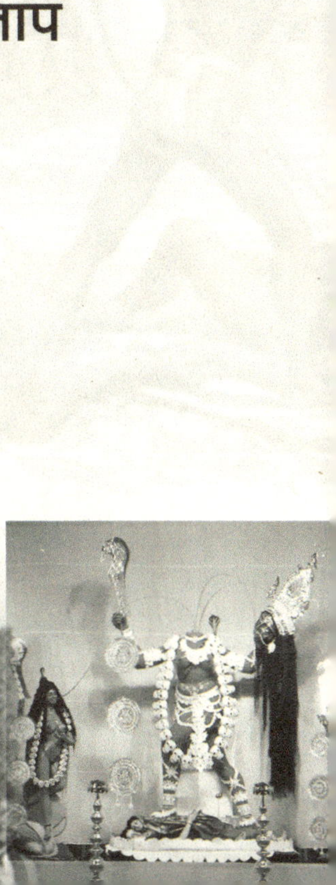

मुंडाओं के जीवन में नृत्य-गीत का बहुत महत्त्व है या यों कहें कि नृत्य-गीत मुंडाओं के जीवन का एक महत्त्वपूर्ण हिस्सा है। पर्व-त्योहारों में तो नृत्य और गीत का आयोजन होता ही है, अन्य दिनों में भी यदा-कदा नृत्य होता रहता है। मुंडाओं के प्रमुख त्योहार सरहुल में तो सप्ताह-दस दिन पहले से प्रतिदिन शाम को युवक-युवतियों द्वारा नृत्य और गीत होता है और पर्व का समापन भी नृत्य के साथ ही होता है। करमा पर्व, जो भादो महीने में होता है, में भी पुरुष और महिलाएँ मिलकर नाचते हैं। इसके अतिरिक्त झूमर और डमकोच नृत्य जब-तब होते रहते हैं। शादी-विवाह में डमकोच नृत्य बहुत जोश के साथ होता है। शादी में और एक प्रकार का नृत्य होता है, जिसे 'पाइका' नृत्य कहा जाता है। 'पूस पर्व', जो मकर संक्रांति में होता है, में भी नृत्य होता है, जिसे 'टुसु नृत्य' कहा जाता है। आजकल 'छौ नृत्य' का रिवाज जोरों पर है। यह नृत्य गरमियों में जब-तब आयोजित होते रहते हैं। परंतु 'पूस' के नृत्य और 'छौ' नृत्य किसी जाति या समुदाय विशेष के लिए नहीं, बल्कि पूरे क्षेत्र का नृत्य है। भादो और झूमर नृत्य में पहले नर्तकी (नाचनी) एक पुरुष के साथ-साथ नाचती थी, जिसे 'नाचनी' नृत्य कहा जाता है। पर इसका प्रचलन लुप्तप्राय है।

मुंडाओं के वाद्ययंत्र

ये हैं—रूतु (बंसी, जो तिरछा करके फूँककर बजाया जाता है), मुरली (बंसी, जो छोर पर सीधे फूँककर बजाया जाता है। श्रीकृष्ण रूतु बजाते थे), बानाम या केंदरा (एक तरह की वीणा, जो कछुए की खोपड़ी और गुँई की चमड़ी से बनाई जाती है), टुइला (लौकी से बनाया जाता है), ढोलक, दुमांग (मादर), नगाड़ा आदि।

ये हैं—रूतु (बंसी, जो तिरछा करके फूँककर बजाया जाता है), मुरली (बंसी, जो छोर पर सीधे फूँककर बजाया जाता है। श्रीकृष्ण रूतु बजाते थे), बानाम या केंदरा (एक तरह की वीणा, जो कछुए की खोपड़ी और गुँई की चमड़ी से बनाई जाती है), टुइला (लौकी से बनाया जाता है), ढोलक, दुमांग (मादर), नगाड़ा आदि।

मुंडाओं का सारहुल गीत अनन्य रूप से मुंडा भाषा में है। परंतु भादरिया, झूमर और पूस के गीत प्रायः, बांग्ला भाषा (पुरुलिया बांग्ला) में गाए जाते हैं। लगभग सौ वर्ष से इधर कुछ भादरिया और झूमर गीत की रचना मुंडा भाषा में भी की गई है। यहाँ मुंडा भाषा के गीतों के कुछ नमूने उद्धृत किए जा रहे हैं—

जादुर दुरंग (सरहुल गीत)

देए दाई दोला दाई, बाआ को बगीचा ते,
देए दाई दोला दाई, सुसुन को आखाड़ा ते,
बाआ को बगीचा रे, बाआलां गुतुआ,
सुसुन को आखाड़ा रे, जादुरलां सुसुना॥
डिंडा समायगे, बाआलां गुतुआ,
डाँगुआ नोसाड़गे जादुरलां सुसुना॥

(चलो दीदी, फूलों के बगीचे में, चलो दीदी, नृत्य के अखाड़े पर, फूलों के बगीचे में फूलों को गूँथेंगी; नृत्य के अखाड़े में सरहुल नाचेंगी। कुँआरी समय तक ही फल गूँथेंगी तथा सरहुल नृत्य करेंगी।)

जादुर दुरंग—

बिरको नाराते, मइना, नलोम सेसेना मइना,
गड़ाको परोमतेया, मइना, नलोम ननोरा,
बिरीको नराते दो, मइना, कुला दुबाकानाए मइना,
गड़ाको नराते दो, मइना बिंगे मेनाइया
कुला जोमेकेम रेदो, मइना, दिसुम-दिसुम में-इंग मइना
दांड़ाबाड़ा मेरेयो, मइना, काइंग नाम-मेया
बिंगको हुआ : केम रेदो मइना, गमाए गमाए मइना,
नियामे नोजोरा, मइना, काइंग नाम मेया।

(अरे! जंगल के रास्ते पर मत जाओ, मेरे मैना, न ही रास्ते में नदी पार करना, मेरे मैना, जंगल के रास्ते पर तो बाघ बैठा है और नदी के घाट पर तो साँप बैठा है। अरे, अगर वह बाघ, मेरे मैना, तुम्हें खा गया तो, हाय! मैं बेकार में ही तुमको हर जगह खोजूँगी, अगर साँप ने काट लिया, मेरे बच्चे और निगल लिया तो, जहाँ कहीं भी मैं जाऊँगी, तुम्हारा मुँह फिर कभी नहीं देख पाऊँगी।)

ओकोए हिजू:तान, चाउलिम चापिताना?
चिमाए सेटेरतान, राम्बड़ाम सालातान?
गतिम हिजू:तान, चाउलिम चापीतान
संगम हिजू:तान, राम्बड़ाम सालातान
चितेम आयुमली, चाउलिम चापीतान?

मेरातेम अतेनली, राम्बड़ाम सालातान?
काटा पेरे, दो रिचि गुगुरा
नइंग पेरेः दो रिचि गुगुरा
नइंग पेरेः दो बेसेरा दमबारकोम,
रिचि गुगुरा रिरिंगकेनादो,
बसेरा दमबारकोम रारंग केनादो
एनातेगे हो चाउलिम चापीताना दो
एनातेगे हो एम्बड़ाम सालाताना दो।

(कौन आ रहा है, जिसके लिए चावल धो रही हो? किसके लिए उरद को साफ कर रही हो? तुम्हारा प्रेमी आनेवाला है, उसके लिए तुम चावल धो रही हो। तुम्हारा यार आता है, उसके लिए उरद को साफ कर रही हो। किससे सुनी, जो चावल धो रही हो? किससे सुनी, जो उरद साफ कर रही हो? उसके पैरों में बाज के घुँघरू बँधे हैं, उसकी कमर में बड़े घुँघरू जैसे बसेरा बँधा है। बाज के छोटे घुँघरू मृदु स्वर में झनझन करते हैं। बड़े घुँघरू बहुत मनोहर सुर में छमछम करते हैं। इसीलिए तुम चावल धोती हो। इसलिए तुम उरद साफ करती हो।)

कोटे कराम्बु दुमंग साड़ीताना
जिगे हो लिटिब लिटिबा,
हो! लिटिब लिटिबा
बारीगाड़ा कारेताल साड़ीताना,
कुड़ाम हो दोपोल दोपोला,
कोटे कराम्बु दुमंग साड़ीताना,
सेनो'गे सनाइंआ,
हो! सेनो'गे सनाइंआ

बारिगाड़ा कारेताल साड़ीताना
बिरिदगे मोनिंआ
हो! बिरिदगे मोनिंआ।

(कोट करांबू में दुमंग (मृदंग) बज रहा है। आवाज सुनकर दिल उछल रहा है। बारीगाड़ा में करताल बज रहा है। आवाज सुनकर मेरा दिल खुशी से भर जाता है। कोट करांबू में दुमंग बज रहा है। अरे! जल्दी करो, मेरी प्रिये, नृत्य के लिए, नृत्य के लिए।

करताल बारीगाड़ा में खनक रहा है। अरे! निकलो, मेरी प्रिये अपनी मदहोशी से, नृत्य के लिए।)

सिरी परगना हेसाः सुबारे,
सादोम दोए सुसुनतान गे
पोकर पिंडी राजा बांदा रे
पइकी दोए खेलौदीतानाए,
सादोम होए सुसुनतानाए,
लिटिगे लोपोंगे,
पइकी दोए खेलौदीतानाए
नोटांगे कुआरे।

सिरी परगना में एक पीपल के पेड़ के नीचे एक नाचते हुए घोड़े को देखो, सरोबर पर राजा के टीले के पास देखो, एक पैकी (लठैत) अपनी लाठी भाँजता है। कितना बढ़िया उधर वह घोड़ा इतराता है और नीचे जमीन को चूर-चूर कर देता है। और देखो, कितनी फुरती से वह पैकी (लठैत) अपनी लाठी भाँजता है।

उसके आसपास मिट्टी के छल्ले (धूल) उड़ते हैं।)

मारांग गाड़ा दो काउबाउताना,
हेलारे गातिंगलंग केसेद जाना,
हुडिंग गाड़ा दो एपेटेबेताना,
हेलारे सांगाइंग लड्ग दराराजाना,
हेलारे गातिंग लड्ग केसेदजाना
टुंगकीरे चाउली दो केसेदजाना।
हेलारे सांगाइंग लड्ग दराराजाना।
चाटूरे इली दो दराराजाना।
टुंगकीरे चाउली दो केसेदजाना।
ची'रे गातिंग चेनालंग मेनेया?
चाटूरे इली दो दराराताना
ची'रे सांगाइंग चेनालंग मेनेया?

(बड़ी नदी में लहरें हिलोरे मार रही हैं। हे प्यारे, इस तरह से यहाँ हम फँसे हुए हैं। छोटी नदी भी अब किनारे तक भर गई है। हाय, अब उस पार हम नहीं जा सकते। घड़े में हँड़िया सड़ रहा है, टोकरी में चावल रुका हुआ है। हे मित्र, हम (दोनों) क्या बहाना करेंगे? घड़े में हँड़िया सड़ रहा है। क्यों प्रिय, हमलोग क्या बोलेंगे (बताएँगे)?)

भादो गीत

1. उरीई गुपी आते गोपाल, हिजुः लेनाम आकाल बाकाल; यशोदा दोएः काजी ताना—एलाबाछा सुगारेईं चो लेमा,—1

(यह कृष्ण और यशोदा के संबंध में है। माँ यशोदा कहती हैं—हे गोपाल, तुम गायों को चुराकर भूखे-प्यासे व्याकुल होकर आए हो; हे पुत्र, आओ तुम्हें चुम्मा लूँ; तुम्हारे सुग्गा सदृश मुँह पर मैं चुम्मा ले लूँ।)

सेन तादाम डागार-डुगुर, ओड़ाः राटी शोभा जाना;

आमा: नागेन दोआकाना, रोका तोबा लोटारेईं, चो: लेमा
आमा: सुगाड़ा मीरू मोचारेईं चो: लेमा।—2

(हे पुत्र, तुम जो ठुमक-ठुमककर चलते हो, जिससे पूरा घर सुशोभित हो गया। तुम्हारे लिए ताजा दूध लोटे में रखा हुआ है। हे पुत्र, तुम्हारे सुग्गा जैसे मुँह पर मैं चुम्मा ले लूँ।)

बुदु बाबूउ काजीताना, उरी: गुपी आलोम सेना,
आमा: नागिन कंसो राजा, मेनाई मुरजारा रेईं, चो: लेमा
आमा: सुगाड़ा··· — 3

(बुदु बाबू कवि यशोदा की ओर से कहते हैं,—हे कृष्ण, तुम गायें चराने मत जाया करो। तुम्हारे लिए तो दुष्ट कंस वहाँ है।)

ओकोतिया बरजोलाला, सुगाड़ा सुंदर काला;
इदी केदा:ए सोवेन नीला-खेला, ओ गो दुती सेनोगाबु दोला।—1

(राधा सखियों से कहती है—सुंदर, सुगढ़ श्यामवर्ण का ब्रजपुर का लाला कहाँ गया? वह सभी प्रकार की लीलाओं को भी साथ ले गया। हे सखी, चलो हम लोग भी वहाँ चलें।)

आई दोरेईं चिकाजाना, सिंगी राटिं नूबा: जाना;
ती: इदींग्पेगो दुती दोला, ओ-गो दुती सेनोगाबु दोला।—2

(यह वास्तव में कृष्ण गोकुल से मथुरा चले जाने के समय का प्रसंग है। राधा व्याकुल होकर कहती है—हे सखी, मुझे क्या हो गया? दिन में अंधकार दिखाई देता है। तुम लोग मुझे हाथ पकड़कर वहाँ ले चलो।)

बुदु बाबू काजीताना, हियातिंगतेईं धान्धा जाना;
ती: इदींगपेगो दुती दोला, ओ-गो दुती सेनोगाबु दोला—3

(कवि बुदु बाबू राधा की ओर से कहते हैं—हे सखी, मैं चिंता से व्याकुल हो रही हूँ। तुम लोग मुझे हाथ पकड़कर वहाँ ले चलो।)

झूमर गीत

सूर्पनखाए काजीताना, ओ दादा लंकेसर, आः सार किन साबानो हो तिःरे; इसु सुगाड़ कुड़ीहोन दो मेनाः ई संगेरे—1

(सूर्पणखा बड़े भाई लंकेश्वर से कहती है—हे भैया, दो जन हाथ में तीर-धनुष लिये हुए हैं और उनके साथ एक सुंदर नारी है।)

लेल ते दो सुगाड़ा, बाकला : किन किचिराकाना, बोः रेदो जट सुगाड़ा,
इसु सुगाड़ कुड़ी होन दो मेनाः ई संगेरे—2

(देखने में सुंदर, वल्कल (वृक्ष की छाल) का वस्त्र धारण किए हुए एवं सिर पर सुंदर जटा, साथ में सुंदर नारी है।)

उसाम रेकिन ताइनताना, सांगा जो किन जोमेताना,
आटा-माटा विरकोतालारे, इसु सुगाड़ कुड़ी होन दो मेनाई संगेरे—3

(वे दोनों झोपड़ी में रहते हैं, कंद और फल खाते हैं; बीहड़ जंगल के मध्य, और साथ में बहुत सुंदर नारी है।)

लहसुआ आदि अन्य गीत—

बोओ तामाअः रिसा रिसा
सुपिद केदाम रंगा नाचा,
निदा सिंगी, बा गेम गुतु ताना
नामाआ नागेन जी 'गे लो' ताना!
अंदुतदम साकोम तदम्
बोतोरे दो हिसिर मेना
पोला तम दो चिलका साड़ीताना
नामाआ नागेन जी 'गे लो' ताना।

(तुम्हारे कुंचित घुँघराले बालों के खोंपा पर लाल रंग का फीता बँधा हुआ, इतना सुंदर और उसमें तुम दिन रात फूल गूँथने में लगी हो,

तुम्हारे लिए मेरा दिल जलता है।

तुम्हारी बाँहों में चूड़ियाँ, पैरों में आंदु, गर्दन (गले) में सुंदर चमकदार हार गर्दन की शोभा बढ़ा रहा है। पैरों का पोला झनझनाते हुए मधुर ध्वनि देता है। हे प्रिये, तुम्हारे लिए मेरा दिल जलता है और बेचैन होकर धड़कता है।)

आलोम मइरे काकापाजिया,
नामाआ नागेन लो' ताना हिया।
नामो डिंडा नाइओ डिंडा
दाः चाटू जेसोन बिंडा
आलोम मइरे काकापाजिआ
नामाआ नागेन लो' ताना हिया।

(हे प्रिये, ऐसे कठोर बात मत बोलो; तुम्हारे लिए मेरा दिल जलता है। तुम भी कुँवारी और मैं भी कुँवारा, जैसे कि पानी का घड़ा और उसका बिंडा (पुआल की गद्‌दी)। हे प्रिये, ऐसे वचन मत बोलो; तुम्हारे लिए मेरा दिल जलता है (धड़कता है)।)

आषाढ़ चाडुः तेबालेना,

दोला मइरे रोआ नालाते,
हातुरेन होड़ोको दो उडुंगलेना,
सोबेन को सेनोताना को।
मिदतारेबु कामियाबु पांति पांतिगे,
सिंगिदो डुंबुइ लेना।
दोला मइरे अलाताला‌ते,

नालाबु तेलेकेदा,
रूडुंगयाबु मांडियाबु,
होन होपोन टेंडा नुइआबु।

(अब आषाढ़ का महीना आ गया है। चलो प्रिये, रोपा काम के लिए। गाँव के सब लोग निकल गए हैं; सभी जा रहे हैं। हम सब एक साथ पंक्ति में काम करेंगे—

अब सूर्य डूब गया। चलो प्रिये, अब हम मजदूरी लेने जाएँगे। मजदूरी लेने के बाद उसे ढेंकी में कूटेंगे और चावल का भात पकाएँगे और बाल-बच्चे सब माँड़ पिएँगे।)

कुचा मुचा कुंदरू
कुचा कोटोंग तादिंगा कुंदुरूम,
कुचा कोटोंग तादिंगा नइरे,
नरिन नरिन पलानडुम नरिन,
कोटोंग तादिंगा नइरे,
जिवारे सुकुजारे दो दोलांग सेनोआ
कुंदरू, दो दोलांग सेनोआ, नइरे
कुरामबारे रे राजानरे,
मारे दोलांग बिरिदा, पलानडु,
मारे दोलांग बिरिदा नइरे।

(पेड़ पर लिपटी कुंदरू लता की भाँति एवं पलांडु की लता की तरह अपने कोमल जालों में तुम मुझे बाँधकर रखती हो। आओ, मेरे साथ चलो और ऐसे जीवनभर हम दोनों साथ-साथ चलेंगे। यहाँ तुममें ही मेरे दिल को सुख-शांति मिलती है। प्रिये आओ, पलांदु, इस तरह

से साथ आओ कि जिंदगी की धीमी गति को छलाँग मारकर पार कर लेंगे।)

भादों गीत

ओ-हो रे छायला, दोलाबु लेल आउआ,
ओ भाई! बीर बितार प्रमुए सुसुन ताना,
रे छायला, दोलाबु लेल आउआ-1
नाकीदेनपे, सुपिदेनपे पाड़ियाते किचिरेन पे,
ओ-हो रे छायला, दोलाबु लेल आउआ-2
तीरे मुदाम, काटारे पोला, होटोओः रे मादुली माला,
ओ-हो रे छायला, दोलाबु लेल आउआ-3
बुदु बाबुए काजिताना, रासिकान को रासिका जाना
ओ-हो रे छायला, दोलाबु लेल आउआ-4

(हे छबीले, जंगल के भीतर प्रभु नृत्य कर रहे हैं। चलो, देखने चलेंगे।

कंघी करो, सिर पर खोपा बाँधो, अच्छी साड़ियाँ पहनो और देखने चलो। हाथों में मुदम (अँगूठी), पैरों में पोला और गले में मादुली का हार पहनो। हे छबीले! चलो, देखने के लिए चलें।

बुदु बाबू (गीतकार) कहते हैं कि रसिक लोग सब प्रमुदित हो रहे हैं। चलो, हमलोग, प्रभु का नृत्य देखने जाएँगे।

(झारखंड के पंचपरगना क्षेत्र में गाए जानेवाले कुछ अपभ्रष्ट बांग्ला गीत, जो मुंडाओं में भी प्रचलित हैं।)

अपभ्रष्ट बांग्ला गीत

(1) शक्ति सेले जखन पड़िलो लखन,
काँदेन श्रीराम राजीवलोचन

भाँसेन अश्रुनीरे।
भाई रे लखन, केनोरे शयन।
रण स्थले जुड़ाबारे रे,
उठो, उठो बीर, धरो धनुष तीर
दशशीरो बधिबारे—1
गृहे जखन माता जिज्ञासिबेन कुथा
लखनेरे छाइड़े आलीरे कोथाय
कि बारता दीबो तारे,
हाय रे अबोध, दिये कि प्रबोध,
प्रबोधिबो विमाताए रे
उठो, उठो बीर, धरो धनुषतीर
दशशीरो बधिबारे—2

(यह श्रीराम-रावण युद्ध के समय का प्रसंग है। शक्तिबाण से जब लक्ष्मण धरती पर बेसुध पड़े हैं तो श्रीराम आपा खो देते हैं और भ्रांतचित्त से होकर कहते हैं—हे भाई, युद्ध भूमि पर क्यों सोए हो? उठो! वीर दस सिरवाले रावण का वध करने के लिए तीर-धनुष उठाओ।

फिर कहते हैं, अयोध्या लौटने पर विमाता से मैं क्या उत्तर दूँगा। मैं ना-समझ, माता को कैसे समझाऊँगा। हे वीर! उठो, रावण का वध करने के लिए धनुष-बाण उठाओ।)

(2) सुसेन धरीलो हाथ, सुनो प्रभु रघुनाथ,
इहारो उपाय आछे, करीले एखन
आनो गंधमादन—1
सेई पर्वतेर माझे, विषल्य करनी आछे,
सेई औषण आनीवारे जाबे कन जन,
आनो गंधमादन—2

सेना मध्ये हनुमान, अति बल बुद्धिमान,
जा रे जा रे बाछा, पवन नंदन
आनो गंधमादन—3
विनंद सिंह गाहे, हनु तोथाकारे जाए,
सूर्योदय हइले ना बाँचे लखन,
आनो गंधमादन—4

(वैद्य सुषेण ने हाथ की नाड़ी देखी और कहा कि उपाय है, यदि अभी कोई औषध के लिए गंधमादन पर्वत जाकर विषल्यकरणी औषधि लावे। वह औषधि गंधमादन पर्वत पर प्राप्य है। सेना के बीच हनुमान वीर है। गीतकार विनंदसिंह कहते हैं कि हनुमान गंधमादन लाने के लिए तुरंत जावे; सूर्योदय होने पर लक्ष्मण की प्राण-रक्षा नहीं हो सकती।)

(3) कैकेयी बोलेन स्वामी,
तुमार काछे एलाम आमी,
कि बोइले बोइलेछो तखन,
करो राजा सत्येर पालन—1
तुमार महिमा जानी सूर्यवंशेर चूड़ामणि,
मानो कि न मानो हे राजन,
करो राजा सत्येर पालन—2
भरत शत्रुघने, बसाइयो सिंघासने
बनबासे श्रीराम लखन,
करो राजा सत्येर पालन—3
एतो सुनी दशरथ, बहुत भावित चित,
'विनन्देर' एइ निवेदन,
करो राजा सत्येर पालन—4

(यह प्रसंग रामायण का है। कैकेयी राजा के पास आकर कहती है कि आपने पूर्व में जो मुझे वर दिया था, उस वर को देकर सत्य का पालन कीजिए। आपकी महिमा मैं जानती हूँ, आप सूर्यवंश के चूड़ामणि हैं। हे राजा! आप सत्य का पालन कीजिए। आप भरत-शत्रुघन को सिंहासन पर बिठाइए और राम-लक्ष्मण को वनवास में भेज दीजिए। यह सुनकर राजा दशरथ अत्यंत चिंतित हो गए। गीतकार विनंद सिंह कैकेयी की ओर से निवेदन करते हैं, हे राजा! सत्य का पालन करें।)

(4) कैकेयी रो सत्यबंदी
दशरथ बोले काँदी,
बनवास दिते रघुवरे
आर मुखे वाकय नाई सरे—1
जदि सत्य ना मानिबे
सूर्य वंशे काली हबे,
कलंक रहिबे ए संसारे
आर मुखे वाकय नाई सरे—2
दुनयाने बहे धारा
हइया बाहुलेर पाए
अचेतने पड़े महि परे
आर मुखे वाक्य नाई सरे—3
लिखन लिखिलो द्वारे,
वनवासे रघुवरे,
संकटे 'विनंद' किबा करे,
आर मुखे वाकय नाई सरे—4

(कैकेयी ने राजा दशरथ को वचनबद्ध करके कहा कि यदि राजा अपने वचन के अनुसार भरत को राजा और राम को वनवास का आदेश नहीं देंगे, तो सूर्यवंश में कलंक लग जाएगा। यह सुनकर राजा की आँखों में आँसू बहने लगे; मुँह से शब्द नहीं निकले और द्वार पर राम को वनवास और भरत को राजगद्दी लिख दिया।)

(5) प्रभात समय जबे, साजिलो सखि सबे,
दधि बेचने, चलो मधुपुरे जाब गो, दधि बेचने—1
एक दधि बेचने, आरो हरि दरसने, दधि बेचने,
पावब दुइयो गुण लाभगो, दधि बेचने—2
हेरिबो शामेर मुख, घुचाबो मनेर दुःख, दधि बेचने,
आनंद पावब गो दधि बेचने—3
कहे गौरंगिया हीन बाँचव जतेक दिन
दधि बेचने, राधाकृष्ण गुण गावब गो दधि बेचने—4

(यह गोकुल की ग्वालिनों का प्रसंग है, जो सवेरे दही बेचने के लिए प्रतिदिन तैयार होकर मधुपुर (मथुरा) जाती हैं। वे कहती हैं, हमें मथुरा जाने से दो गुणा लाभ होगा। एक तो दही बेचना हो जाएगा और दूसरा लाभ हरि का दर्शन होगा। गीतकार गौरांग कहते हैं कि जब तक जिएँगे राधाकृष्ण का गुण गाते रहेंगे।)

(6) पहुँचियें मधुपुरी, हाँक पड़े घरी घरी,
सब नव युवतिरा, रूप राशिराशि, दधि ले मथुराबासी
हामरा दुखीनी विदेशी, दधि ले मथुराबासी—1
पुरवासी लिलो दधि, दाम दिलो आधा-आधी,
गंडगोल करे राजारदुआरे आसी,
दधि ले मथुराबासी—2

गोपपुरेर महाराजा, आमरा हे तोमार प्रजा,
तुमार शहरे कि आछे डाकाइत बेसी,
दधि ले मथुराबासी—3
राजा होइएं गुणनिधि, विचारो न करो जदि,
कहे गौरांगिया, पाप हबे राशि राशि,
दधि ले मथुराबासी—1

(मधुपुर में जाकर सुंदर युवतियाँ घर-घर जाकर दही खरीदने के लिए आवाज देती हैं। मथुरा निवासी दही लेते हैं, परंतु आधा दाम देते हैं, यह गोलमाल देखकर वे राजा से कहती हैं—'हे राजा, हम आपकी प्रजा हैं, क्या आपके शहर में अधिक डाकू हैं।' ग्वालिनों की ओर से गीतकार गौरांग कहते हैं, गुणनिधि राजा होकर, हे राजा, यदि विचार नहीं करेंगे तो बहुत-बहुत पाप लगेगा।)

□

शिक्षा

मुंडा समाज में शिक्षा का अत्यधिक अभाव है। शिक्षा के क्षेत्र में वे बहुत ही पीछे हैं। इस तरफ उनकी रुचि भी बहुत कम है। आज भी अनेक ऐसे क्षेत्र हैं, जहाँ के मुंडा लोग शिक्षा का महत्त्व नहीं जानते हैं, हिंदी भाषा तक नहीं समझते; हिंदी की गिनती नहीं जानते। उदाहरणस्वरूप, अँड़की प्रखंड के बीरबाँकी क्षेत्र में ऐसे लोग मिलते हैं, जो अपनी वस्तुओं के मूल्य के लेन-देन में हिंदी की गिनती नहीं समझते और व्यापारियों द्वारा सहज ही ठगे जाते हैं।

मुंडा भाषा हिंदी भाषा से सर्वथा भिन्न है। वस्तुत: मुंडा भाषा में हिंदी के कोई भी शब्द नहीं मिलते। उनकी गिनती भी हिंदी की गिनती से भिन्न है। मुंडा भाषा की कोई लिपि नहीं है। उन्हें संबंधित राज्य की भाषा में, यथा—झारखंड, बिहार और सीमावर्ती मध्य प्रदेश में हिंदी, प. बंगाल में बांग्ला भाषा और ओडिशा में ओड़िया भाषा में शिक्षा ग्रहण करनी पड़ती है, जो मातृ भाषा से सर्वथा भिन्न है। इसलिए उन्हें अनेक प्रारंभिक कठिनाइयाँ होती हैं। विगत वर्षों में इस स्थिति को सुधारने के उद्देश्य से राँची विश्वविद्यालय में स्नातक और स्नातकोत्तर स्तर पर मुंडा भाषा की पढ़ाई आरंभ कर दी गई है। परंतु इससे मुंडाओं की प्रारंभिक समस्या का समाधान तो नहीं होता। इसके अलावा मुंडा भाषा में स्नातकोत्तर परीक्षा पास करने पर डिग्री तो मिल जाती है; परंतु इसके कार्यक्षेत्र, इसकी

पहुँच या अवसर न के बराबर हैं। क्योंकि मुंडा भाषा में ज्ञानवर्द्धन हेतु उच्चस्तर की विज्ञान, तकनीकी, प्रौद्योगिकी, चिकित्सा आदि किसी क्षेत्र की पुस्तकें उपलब्ध नहीं हैं। मुंडा भाषा से शिक्षित व्यक्ति उच्चस्तर की सरकारी, अर्धसरकारी या निजी कंपनियों में सेवा प्राप्त करने में भी किसी तरह का सहयोग-सहायता प्राप्त नहीं करता। अतएव, मेरा मानना है कि मुंडा भाषा में स्नातकोत्तर करने की प्रेरणा देना या उत्साहित करना एक प्रतिगामी कदम होगा। इससे अपेक्षित अवसर के रास्ते अवरुद्ध होंगे। किसी भी भाषा में उच्च शिक्षा प्राप्त करना तभी उपयोगी एवं लाभप्रद होता हैं, जब उस भाषा में तरक्की के चहुँमुखी रास्ते उपलब्ध हों। हाँ, प्रारंभिक एवं माध्यमिक कक्षा तक एक विषय, भाषा के रूप में, मुंडा भाषा पढ़ाना उचित होगा, जिससे वह छीजने न पाए। सीमित संख्या में उन छात्रों को स्नातकोत्तर तक मुंडा भाषा की पढ़ाई करनी चाहिए, जिनकी भाषा के अध्यापन कार्य में रुचि हो।

मुंडा समाज की शिक्षा के संदर्भ में पीछे मुड़कर देखने पर पता चलता है कि उन्नीसवीं शताब्दी के अंत तक मुंडा समाज में शिक्षा का परिदृश्य बिल्कुल अंधकारपूर्ण था, केवल कुछ प्राइमरी शिक्षा युक्त कुछ जुगनुओं का क्षीण प्रकाश कहीं-कहीं दिख जाता था। परंतु 20वीं शताब्दी के आरंभ होते ही परिदृश्य में परिवर्तन आना प्रारंभ हुआ।

मुंडा समाज की शिक्षा के संदर्भ में पीछे मुड़कर देखने पर पता चलता है कि उन्नीसवीं शताब्दी के अंत तक मुंडा समाज में शिक्षा का परिदृश्य बिल्कुल अंधकारपूर्ण था, केवल कुछ प्राइमरी शिक्षा युक्त कुछ जुगनुओं का क्षीण प्रकाश कहीं-कहीं दिख जाता था। परंतु 20वीं शताब्दी के आरंभ होते ही परिदृश्य में परिवर्तन आना प्रारंभ हुआ। प्रथम तो खूँटी जिले के अंतर्गत टाकरा गाँव के किशोर जयपाल मुंडा के साथ एक अत्यधिक अकल्पनीय

घटना हुई, जो किसी चमत्कार से कम नहीं था। जयपाल सिंह मुंडा राँची के सेंट पाल उच्च विद्यालय का छात्र था। अचानक उसका भाग्य ऐसे खुला कि तत्कालीन जमींदारों एवं राजाओं के लड़कों को भी नसीब नहीं होता था। उस विद्यालय के अंग्रेज प्रिंसिपल फादर कॉसग्रेव सेवा से निवृत्त होकर जब इंग्लैंड जाने लगे तो वे जयपाल सिंह को भी अपने साथ इंग्लैंड ले गए। उनकी कृपा से जयपाल सिंह मुंडा ने ऑक्सफोर्ड विश्वविद्यालय से स्नातकोत्तर की पढ़ाई पूरी की और स्वदेश लौटकर कुछ दिन बाद अफ्रीकन देश घाना में अध्यापन कार्य किया। उसके बाद स्वदेश लौटकर रायपुर के रॉयल कॉलेज में, जहाँ अंग्रेज लड़के और राजा-महाराजाओं के राजकुमार पढ़ते थे, प्रिंसिपल के रूप में अध्यापन कार्य किया। बाद में वे राजनीति में आकर झारखंड को अलग राज्य बनाने के लिए प्रयासरत रहे। उन्हें पूरी उम्मीद थी कि 1956 में राज्य पुनर्गठन आयोग के समक्ष दमदार पक्ष रखेंगे। परंतु तत्कालीन कांग्रेस नेताओं के षड्यंत्र के कारण वे आयोग से नहीं मिल पाए, जिससे झारखंड को अलग राज्य बनाने की उनकी अभिलाषा चूर-चूर हो गई। कांग्रेसी नेताओं के षड्यंत्र और धोखे के कारण जयपाल सिंह का राजनीतिक जीवन भी समाप्त हो गया।

जयपाल सिंह मुंडा ने ऑक्सफोर्ड विश्वविद्यालय से स्नातकोत्तर की पढ़ाई पूरी की और स्वदेश लौटकर कुछ दिन बाद अफ्रीकन देश घाना में अध्यापन कार्य किया। उसके बाद स्वदेश लौटकर रायपुर के रॉयल कॉलेज में, जहाँ अंग्रेज लड़के और राजा-महाराजाओं के राजकुमार पढ़ते थे, प्रिंसिपल के रूप में अध्यापन कार्य किया।

जयपाल सिंह मुंडा के बाद डॉ. रामदयाल मुंडा को भी, जो तमाड़ के दिउड़ी गाँव के थे, एक ऐसा संयोग एवं सहायता मिली

जो अमेरिका जाकर 14 वर्षों तक वहाँ अध्ययन अध्यापन करते रहे। स्वदेश लौटकर वे राँची विश्वविद्यालय में प्राध्यापक एवं कुलपति के रूप में कार्यरत रहे। उनके प्रयास से राँची विश्वविद्यालय में क्षेत्रीय भाषाओं यथा—मुंडारी, उराँव, खडिया, हो, पंचपरगनिया आदि भाषाओं की पढ़ाई प्रारंभ हुई। वे राँची में 'जनजाति शोध संस्थान' के संस्थापक भी रहे। इसके बाद तो मुंडा लोग राज्य स्तर की विभिन्न सेवाओं के अतिरिक्त अखिल भारतीय सेवा के विभिन्न पदों पर भी विराजमान होने लगे हैं।

> ***जयपाल सिंह मुंडा के बाद डॉ. रामदयाल मुंडा को भी, जो तमाड़ के दिउड़ी गाँव के थे, एक ऐसा संयोग एवं सहायता मिली जो अमेरिका जाकर 14 वर्षों तक वहाँ अध्ययन अध्यापन करते रहे। स्वदेश लौटकर वे राँची विश्वविद्यालय में प्राध्यापक एवं कुलपति के रूप में कार्यरत रहे।***

मुंडा भाषा की गिनती

एक-मोयोद, दो-बारिया, तीन-आपिया, चार-उपुनिया, पाँच-मोड़ेया, छह-तुरीया, सात-एआ, आठ-इरालिया, नौ-आरेआ, दस-गेलेया, इसके बाद 11-गेल मोयोद, 12-गेल बारिआ, 13-गेल आपिआ, 14-गेल उपुनिया, 15-गेल मोड़ेया, 16-गेल तुरिआ, 17-गेल एआ, 18-गेल इरालिया, 19-गेल अरिआ, 20-इसी (या मोद् इसी) 30—मोद् हिसी गेल, 40—बार हिसी, 50—बार हिसी गेल, 60—आपि हिसी 70—आपि हिसी गेल, 80—उपुन हिसी, 90—अपुन हिसी गेल, 100—मोड़े हिसी, 200—गेल हिसी, 300—गेल मोड़े हिसी, 400—मोद हिसी हिसी।

मुंडा भाषा में हिसी (बीस) तक ही गिनती है। सौ, हजार, लाख आदि के लिए कोई शब्द नहीं है।

पहले कहा गया है कि मुंडाओं में शिक्षा की स्थिति अत्यधिक

दयनीय है। सरकारी सहयोग-सहायता एवं सामाजिक संगठनों के प्रचार-प्रसार के बावजूद उनकी शैक्षणिक स्थिति में कोई उल्लेखनीय सुधार नहीं हो रहा है। इसका कारण शिक्षा के प्रति मुंडाओं की उदासीनता, जड़ता, शिक्षा के महत्त्व के बारे में अनभिज्ञता आदि तो है ही, सरकार की गलत नीति भी इसका कारण है। मुंडा समाज में अधिकतर लोग गरीब हैं। विद्यालय भेजने की अपेक्षा बच्चों को कामों में लगाना वे अधिक लाभदायक समझते हैं। लड़कों को गौएँ, बकरियाँ, भेड़ें आदि चराने, जंगलों से लकड़ी काट लाने आदि कामों में वे लगाते हैं। ग्यारह-बारह वर्ष के लड़कों से हल चलवाते हैं। लड़कियों से अपनी माँ की मदद के लिए घर का काम कराते हैं। अपने छोटे-छोटे भाई-बहनों की देखभाल का भी काम उन्हें सौंपा जाता है। जिससे माँ-बाप अन्य काम कर सकें। बारह-चौदह वर्ष के लड़के-लड़कियों को दूसरों के यहाँ काम करने भेजते हैं, जिससे कुछ आर्थिक सहयोग हो सके। कोई सज्जन यदि उन्हें बच्चों की पढ़ाई के लिए प्रोत्साहन देने का प्रयास करता है तो उसे स्पष्ट जवाब दिया जाता है—'बाबू, पढ़ाई से हमारा पेट तो नहीं भरेगा। बच्चे पढ़ने जाएँगे तो कौन काम करेगा, और काम नहीं करेंगे तो खाएँगे क्या?'

मुंडा समाज में अधिकतर लोग गरीब हैं। विद्यालय भेजने की अपेक्षा बच्चों को कामों में लगाना वे अधिक लाभदायक समझते हैं। लड़कों को गौएँ, बकरियाँ, भेड़ें आदि चराने, जंगलों से लकड़ी काट लाने आदि कामों में वे लगाते हैं। ग्यारह-बारह वर्ष के लड़कों से हल चलवाते हैं। लड़कियों से अपनी माँ की मदद के लिए घर का काम कराते हैं।

इस दिशा में सरकारी सहायता, मुंडाओं की मनोवृत्ति, आर्थिक दशा, सामाजिक परिवेश, जीवन प्रणाली आदि का तथ्यपरक आकलन किए बिना सहायता के जो तरीके अपनाए गए हैं, वे वास्तव में उनके लिए

सटीक-उपयोगी सिद्ध नहीं हो रहे हैं। मुंडा लोग स्वभावगत कारणों से पिछड़े हैं। उनके स्वभाव, मनोवृत्ति एवं आर्थिक दुर्दशा को ध्यान में रखकर सहायता की विधि तैयार करनी होगी और उसे ईमानदारी और गंभीरता से अमल में लाना होगा। तभी उचित रूप से उन्हें शिक्षा उपलब्ध हो सकती है। यह हर्ष की बात है कि विगत कुछ वर्षों से 'सर्वशिक्षा अभियान' के तहत प्रत्येक गाँव में स्कूल खुल गया है और बच्चों के लिए मध्याह्न भोजन की व्यवस्था की गई है। परंतु साथ ही दु:ख के साथ कहना पड़ता है कि इस योजना के कार्यान्वयन में अपेक्षित ईमानदारी नहीं बरती जा रही है। यह केवल खानापूर्ति का काम हो रहा है। इन स्कूलों में स्तरीय शिक्षा तो कल्पना से बाहर की बात है। इसमें ईमानदार प्रयास की आवश्यकता है।

विद्यार्थियों को वर्तमान व्यवस्था में स्टाइपेंड दिया जाता है, जिसका भुगतान एकमुश्त सेशन के अंतिम महीनों में किया जाता है, जिसका साधारणतः दुरुपयोग ही होता है। रुपयों की आवश्यकता सेशन के प्रारंभ में होती है, जब पुस्तकें आदि खरीदनी होती हैं तथा खाने-पीने एवं अन्य खर्च करने होते हैं; विभिन्न विद्यालयों, महाविद्यालयों में भरती के लिए शुल्क लगते हैं; विद्यार्थियों को ड्रेस की भी आवश्यकता होती है।

विद्यार्थियों को वर्तमान व्यवस्था में स्टाइपेंड दिया जाता है, जिसका भुगतान एकमुश्त सेशन के अंतिम महीनों में किया जाता है, जिसका साधारणतः दुरुपयोग ही होता है। रुपयों की आवश्यकता सेशन के प्रारंभ में होती है, जब पुस्तकें आदि खरीदनी होती हैं तथा खाने-पीने एवं अन्य खर्च करने होते हैं; विभिन्न विद्यालयों, महाविद्यालयों में भरती के लिए शुल्क लगते हैं; विद्यार्थियों को ड्रेस की भी आवश्यकता होती है। कहीं-कहीं वर्ष भर का शुल्क भरती के समय ही लिया जाता है। गरीब मुंडा बच्चों को इससे अत्यधिक कठिनाई होती है। अतएव, छात्रों को यदि

सेशन के प्रारंभिक एक–दो महीने में स्टाइपेंड दिया जाए तो उन्हें उचित और वांछित मदद मिलेगी। दूसरा सुझाव है आवासीय विद्यालयों के संबंध में। इन विद्यालयों में ऐसे शिक्षक नियुक्त हों, जो जनसेवा के प्रति समर्पित हों, प्रतिबद्ध हों। बच्चों के खान–पान का उचित प्रबंध हो, उनकी प्रगति सुनिश्चित करने के लिए नियमित रूप से जाँच हो। जिन बच्चों का रिकॉर्ड अच्छा हो, उन्हें चयन कर अच्छे विद्यालयों में भरती कराना चाहिए और उनकी रुचि के अनुसार इंजीनियरिंग, डॉक्टरी, वकील, प्रशासनिक सेवा के लिए तैयार करना चाहिए। बच्चों के दृष्टिकोण में व्यापकता एवं विस्तार लाने के लिए विभिन्न प्रकार के कार्यक्रम चलाने चाहिए, जिसमें विभिन्न जगहों की संस्कृति, लोक–व्यवहार आदि देखने का प्रावधान हो। शिक्षा के प्रत्येक चरण में उन्हें प्रेरणा–प्रोत्साहन देने का प्रावधान हो और यह सब ईमानदारी से किया जाना चाहिए। अत्यधिक गरीब मुंडा परिवारों को, जिनके बच्चे पढ़ने योग्य हों, पर गरीबी के कारण अपने बच्चों को पाठशाला न भेजकर अन्य कामों में लगाने के लिए विवश हों, कुछ आर्थिक सहायता (या काम) देने का प्रावधान हो। तभी मुंडाओं की वांछित उन्नति हो सकती है।

मुंडाओं की एक बहुत बड़ी आबादी, जो धर्म–परिवर्तन कर ईसाई हुई है, उनमें शिक्षा का स्तर अच्छा है; प्रतिशत भी अच्छा है; उनमें महिलाओं की शिक्षा का प्रतिशत भी बहुत अच्छा है। उनमें अनुशासन आ गया है; जीवन–शैली में सुधार हुआ है; उनकी सोच में, प्रवृत्ति में फर्क आ गया है, जागरूकता एवं उन्नति करने की भावना आ गई है।

मुंडाओं की एक बहुत बड़ी आबादी, जो धर्म–परिवर्तन कर ईसाई हुई है, उनमें शिक्षा का स्तर अच्छा है; प्रतिशत भी अच्छा है; उनमें महिलाओं की शिक्षा का प्रतिशत भी बहुत अच्छा है। उनमें अनुशासन

आ गया है; जीवन-शैली में सुधार हुआ है; उनकी सोच में, प्रवृत्ति में फर्क आ गया है, जागरूकता एवं उन्नति करने की भावना आ गई है। संगठन की भावना भी उनमें प्रबल है। जनजातियों के लिए जो कुछ आरक्षण-सुविधा है, उसका अधिकांश लाभ ईसाई-मुंडा लोग ही उठा रहे हैं। सरकारी सेवा में उच्च पदस्थ वही लोग हैं। यदि कोई मुंडा संयोग से सरकार के उच्च पदवाली सेवा में आ गया तो अन्य लोग उसे ईसाई मानने की भूल कर जाते हैं।

संसारी (सरना) मुंडाओं में शिक्षा की दयनीय दशा के कारण सरकारी/अर्धसरकारी सेवा में महत्त्वपूर्ण पदों में उनकी संख्या नगण्य है। तीसरी और चौथी श्रेणी की सेवा में भी उनका प्रतिशत पर्याप्त नहीं है।

मुंडाओं में मेधा या प्रतिभा की कमी नहीं है। कमी है उपयुक्त परिवेश की; कमी है, यथोचित् प्रेरणा-प्रोत्साहन की। उनकी प्रतिभा और मेधा को प्रेरणा-प्रोत्साहन तथा परिवेश यदि यथेष्ट रूप से मिलें तो अवश्य वे उन्नति के शिखर पर उतरोत्तर चढ़ते जाएँगे।

ईसाई मुंडाओं को उपयुक्त परिवेश और यथोचित प्रेरणा-प्रोत्साहन मिलने के कारण वे बहुत उन्नति कर रहे हैं। सरकारी एवं अर्ध-सरकारी तथा गैर-सरकारी क्षेत्रों में वे महत्त्वपूर्ण पदों पर विराजमान हैं। वास्तव में वे लोग ही मुंडाओं का प्रतिनिधित्व करते हैं।

□

उपसंहार

मुंडा समाज के पुरुषों और स्त्रियों के वस्त्र-आभूषण आदि का जो पिछले पृष्ठों में उल्लेख किया गया है, वह भारत की स्वतंत्रता के बाद पिछले 60-70 वर्षों में लुप्त हो गया और अब तो वह सब ढूँढ़ने पर भी नहीं मिलता—न साप्ताहिक बाजारों में और न दुकानों में। अब तो मुंडा समाज के स्त्री-पुरुष अन्य आम लोगों की तरह ही वस्त्र-आभूषण पहनने लगे हैं। शहरी क्षेत्रों में एवं उसके आस-पास तो वे पूरी तरह आधुनिक, बल्कि समाज के अत्यल्प लोग तो अतिशय आधुनिक (Ultra Modern) वस्त्र-आभूषण पहनने लगे हैं। तात्पर्य यह कि वस्त्र-आभूषण के संदर्भ में वे अब पिछड़े नहीं हैं, बल्कि द्रुतगति से सभ्यता की आधुनिक ऊँचाइयों तक पहुँच गए हैं। आर्थिक स्थिति के अनुसार वे श्रेष्ठतम एवं नवीनतम वस्त्र-आभूषण पहनने का प्रयास करते हैं। केवल अत्यधिक दूरवर्ती इलाके एवं जंगलों के मध्य रहनेवाले लोग वस्त्र-आभूषण पर विशेष ध्यान नहीं देते, परंतु सस्ते कपड़ों से ही सही, परिवर्तन और सभ्यता की झलक तो उनमें भी दिखने लगी है।

मुंडाओं की स्वभावगत खामियों का पिछले पृष्ठों में उल्लेख किया गया है। उसमें यह भी उल्लेख है कि वे ही स्वभावगत खामियाँ उनके उत्थान, विकास या प्रगति में बाधक हुई हैं। उनके स्वभावगत दोषों में यह भी उल्लेख हुआ है कि मुंडा लोग अन्य लोगों की उन्नति एवं प्रगति से तो अप्रभावित रहते हैं, परंतु अपने लोगों की उन्नति या तरक्की देखकर ईर्ष्या करते हैं, जलते हैं और कभी-कभी तो उसके प्रगति पथ को अवरुद्ध करने का प्रयास करते हैं। प्रगति पथ पर प्रतिस्पर्धा करने के बजाय, इस पर परस्पर ईर्ष्या भी मुंडाओं के पिछड़ने का एक ठोस कारण है। इसके

भुक्तभोगी का ज्वलंत उदाहरण तो मैं स्वयं हूँ। मैं जब दूसरी कक्षा में पढ़ता था, तब मेरे शिक्षक, जो मेरे खास रिश्तेदार भी थे, ने पढ़ाई में मेरे अच्छे प्रदर्शन को देखकर, ईर्ष्यावश बाधा डालने का षड्यंत्र रचा था। परिणामत: गाँव का विद्यालय छोड़कर मुझे मेरे ननिहाल में जाकर पढ़ना पड़ा था। वह रिश्तेदार शिक्षक इतने पर भी नहीं रुके थे। आगे भी मेरे मार्ग में बाधा डालने का सामर्थ्य भर प्रयास करते रहे। मेरे घर की आर्थिक क्षति पहुँचाने का उसने शक्तिभर प्रयास किया था। अंत में मेरी शिक्षा पर कुछ दुष्प्रभाव पड़ा और मैं अपनी शिक्षा के मनोवांछित लक्ष्य को न पा सका। मेरे पिताजी अकूत संपत्ति के स्वामी तो थे नहीं; अंत में धनाभाव के कारण मैं अपने लक्ष्य तक नहीं पहुँच पाया। वह षड्यंत्रकार रिश्तेदार अपने षड्यंत्र में कुछ सीमा तक सफल हो गया था। इसी तरह की एक घटना मेरे एक सहपाठी के साथ हुई थी। वह सहपाठी गाँव के ईर्ष्या-द्वेष से तंग आकर छात्रावास में ही रहने लगा था; यहाँ तक कि छुट्टियों में भी घर नहीं आता था। कॉलेज की पढ़ाई पूरी करके, फिर प्रशासनिक नौकरी पाने के उपरांत ही उसने गाँव-घर में पदार्पण किया था। इस तरह के हजारों लोग ईर्ष्या के भुक्तभोगी मुंडा समाज में मिलेंगे। यों तो ईर्ष्या एक ऐसी मनोदशा है, जो सभी समाज में, सभी लोगों में न्यूनाधिक रूप से है। परंतु मुंडाओं की इस मनोवृत्ति में अब कुछ बदलाव आने लगा है।

शिक्षा के संदर्भ में मुंडा समाज में स्वतंत्रता के वर्षों बाद से कुछ परिदृश्य बदलता हुआ दिख रहा है। शिक्षा का प्रतिशत बढ़ा है, परंतु अफसोस है, उस शिक्षा में गुणवत्ता का घोर अभाव है। इसके लिए कुछ तो आर्थिक कारण हैं, परंतु मुख्य कारण है, मुंडा समाज की स्वभावगत खामियाँ। पहले कहा जा चुका है कि मुंडाओं की स्वभावगत खामियाँ यथा—उत्साहहीनता, महत्त्वाकांक्षा का अभाव, यथास्थिति में पड़े रहने की प्रवृत्ति, मौज-मस्ती में जीने की प्रवृत्ति, उदासीनता अर्थात् तत्परता का अभाव, संकोच, दायित्वबोध का अभाव, संकल्प का अभाव आदि के कारण अपेक्षा के अनुरूप वे शिक्षा ग्रहण नहीं कर पाते, जिस कारण विभिन्न

सहयोग, सहायता के बावजूद, स्वतंत्रता के वर्षों बाद भी भारतीय प्रशासनिक सेवा, भारतीय पुलिस सेवा जैसी प्रतिष्ठित सेवाओं में मुंडाओं की उपस्थिति नगण्य है। भारतीय वन सेवा, इंजीनियरिंग सेवा, राजस्व सेवा, डॉक्टर, अधिवक्ता आदि अन्य क्षेत्रों में अवश्य इक्का-दुक्का प्रतिनिधित्व है।

इस तरह से यह दृष्टिगत होता है कि मुंडा समाज में वस्त्र-आभूषण एवं वेशभूषा के संदर्भ में जिस गति से उन्नति हुई है, मानसिक क्षेत्र में, मनोदशा या मनोवृत्ति में विशेष उन्नयन परिलक्षित नहीं होता। अभी तक जो कुछ उनकी मनोवृत्ति में विकासोन्मुखी परिवर्तन दिखता है, वह कदापि संतोषप्रद नहीं कहा जा सकता। आज अपने दृष्टिपथ पर अनेक स्नातक, स्नातकोत्तर युवक-युवतियाँ मेधावी होते हुए भी ऊँची उड़ान नहीं भर पा रहे हैं। वे तीसरी-चौथी श्रेणी की सेवा से ऊपर दृष्टि दौड़ाने की हिम्मत नहीं जुटा पा रहे हैं। इसके दो प्रमुख कारण हैं, एक तो आर्थिक है, जिस कारण वे पढ़ाई पूरी करने के साथ परिवार को आर्थिक संबल देने के लिए तुरंत कुछ छोटा-मोटा काम ढूँढ़ते हैं; दूसरा पारिवारिक पृष्ठभूमि एवं पास-पड़ोस का माहौल, जिस कारण उनमें हीनभावना, उत्साहविहीनता एवं महत्त्वाकांक्षा का अभाव रहता है। ऐसे में समाज में विकास को प्राप्त लोग, राजनेता, और बुद्धिजीवी आदि सब लोगों को इसके लिए सक्रिय चिंतन करते हुए सार्थक कदम उठाने की आवश्यकता है। एक ठोस कार्यक्रम बनाकर एक अभियान की तरह उसे संपन्न करने का प्रयास करना होगा। ऐसे मेधावी युवक-युवतियों के प्रशिक्षण, प्रोत्साहन के लिए एक उपयुक्त प्रबंधन संस्था बनाया जाना चाहिए, जहाँ उनके लिए आर्थिक सहायता के साथ-साथ प्रतिष्ठित केंद्रीय सेवाओं के लिए प्रशिक्षण की व्यवस्था हो, और तभी हम मुंडा समाज के लोगों की केंद्रीय सेवा में भागीदारी के स्वप्न को साकार कर सकते हैं। मेरे विचार से मुंडा युवक-युवतियों को प्रतिष्ठित केंद्रीय सेवा में प्रतिष्ठापित कराने के लिए 'विशेष कार्ययोजना' ही एकमात्र उपाय है।

□

संदर्भ-ग्रंथ

1. 'मुंडाज एंड देयर कंट्री'—लेखक, शरत चंद्र राय।
2. 'हिंदू सभ्यता'—लेखक, राधाकुमुद मुखर्जी।
3. 'श्रीमद्भगवद्गीता'—अध्याय 7।
4. 'ईशावास्योपनिषद्'—मंत्र 1।
5. 'छांदोग्य उपनिषद्'—खंड 14, मंत्र 1।

□□□

* 9 7 8 9 3 9 0 3 7 8 4 6 3 *
FCW - #0208 - 061026 - C0 - 216/140/7 - PB - 9789390378463 - Matt Lamination